El cojo y el loco

Jaime Bayly

El cojo y el loco

ALFAGUARA

EL COJO Y EL LOCO

© 2009, Jaime Bayly
© De esta edición:
2009, Santillana USA Publishing Company
2023 N.W. 84th Ave,
Doral, FL, 33122

El cojo y el loco
ISBN: 978-1-60396-934-5

Primera reimpresión: octubre 2009

Diseño: Proyecto de Enric Satué
Cubierta: Juan José Kanashiro

Published in the United States of America

A Luisito

Hace muchos años, cuando preparábamos
la Suma de Sir Thomas Browne, encontró Borges,
creo que en Religio Medici, una frase de San Agus-
tín, en español: *"Defiéndeme Dios de mí mismo"*.

ADOLFO BIOY CASARES, *BORGES*

Tiene un gran futuro, si puede pasar de la
próxima semana.

AL PACINO, *CARLITO'S WAY*

E Cabanillas   3/11/14

El cojo no nació cojo. Nació jodido, pero eso no lo sabían sus padres ni, por supuesto, él mismo. No nació jodido porque sus padres fuesen pobres o no lo quisieran; sus padres tenían dinero y lo esperaban con amor. Nació jodido porque su destino era el de ser cojo, cojo desde niño, y que sus padres se avergonzaran de él y lo escondieran de sus amigos y lo trataran como a un apestado. Eso, tener una pierna más corta que la otra y ser un indeseable en su propia familia, le jodió la vida.

Pero cuando nació todo era felicidad porque era el hijo mayor, el que llevaba el nombre de su padre, y porque era robusto, rollizo y varón, como sus padres deseaban, y porque lucía saludable y apuesto, a pesar de que sus padres no eran precisamente guapos. Su padre, don Bobby, era alto, flaco, enjuto, el gesto adusto, la mirada severa, la flema británica, la disciplina de hierro para hacer dinero en esa ciudad sudamericana, Lima, a la que había emigrado desde Dublín. Su madre, doña Vivian, de origen chileno, era baja y gordita, y tenía debilidad por el trago y los juegos de naipes. Se habían conocido en el casino de Valparaíso y poco después se habían casado en una iglesia de Lima.

Al cojo le llamaron Bobby porque así se llamaba su padre irlandés y así se había llamado su abuelo irlandés. Le decían Bobby o Bobby *the Third* o Bob. Su padre le hablaba en inglés y su madre en un español suavizado por la dulce musicalidad del acento chileno.

El cojo fue un niño querido y feliz los primeros ocho años de su vida, es decir, los años en que no fue cojo. Fue querido desmesuradamente por su madre, que lo colmaba de regalos y dulces y lo llevaba a los parques de diversiones y le hacía las más espléndidas fiestas de cumpleaños, y fue querido con el rigor y la severidad que se esperaban de su padre irlandés, que entendía que el cariño excesivo podía ablandar el carácter de su hijo mayor y convertirlo en un pusilánime, en un sujeto apocado y abúlico, como le parecía la mayor parte de los peruanos, cuyo país había elegido para vivir y en el que había prosperado rápidamente en el negocio de la venta de neumáticos y luego en el de la venta de autos.

De esos primeros ocho años felices de su vida, el cojo no solía acordarse de nada porque a menudo los recuerdos felices son los que más fácilmente se difuminan. Pero hay abundante constancia gráfica del amor que sus padres prodigaron al cojo en los años en que fue normal, en que no cojeaba. Era un niño mofletudo, moreno de tanto ir a la playa, de anchas espaldas y piernas de futbolista, con la contextura de un boxeador en miniatura. En el colegio se hacía respetar porque era bueno dando trompadas y patadas y porque le gustaba pelearse aunque la cosa no fuese con él, solo por el puro gusto de repartir puñetes y escupitajos y mentarle la madre a alguien. En esto el cojo, que todavía no era cojo, parecía haber heredado el carácter agrio de su padre, que era un jefe implacable, despiadado, que llegaba a la fábrica de neumáticos a las seis de la mañana y se paraba en la puerta para tomar nota de los empleados que llegasen cinco o diez minutos tarde, a los que les descontaba el sueldo por la tardanza, sin escuchar siquiera sus disculpas o explicaciones. Era un jefe temido y respetado, pero también odiado, y más de uno de sus empleados pensó alguna vez secuestrarlo o matarlo para vengar las humillaciones a las que los sometía ese irlandés espigado y de bigote, con cara de mala leche.

El cojo era un alumno mediocre. No sacaba buenas notas. No hacía las tareas ni tenía buena memoria ni se aplicaba en las clases y por eso su padre lo reñía severamente. Pero su madre lo consolaba, le regalaba chocolates y galletas importados, le decía que las notas no eran tan importantes, que lo único importante era que fuese un chico sano y feliz.

Sano y feliz fue durante ocho años, pero luego se enfermó y ya no fue sano ni feliz el resto de su vida. Enfermó de un mal llamado osteomielitis, que no era precisamente polio pero se le parecía, y que le carcomió ocho centímetros de la pierna derecha. Sus padres lo llevaron a los mejores médicos de la ciudad, hicieron todo lo posible por curarlo, pero todos los tratamientos fueron en vano. El cojo tenía una pierna más larga que la otra y era probable que la pierna corta se le siguiera achicando. Por eso lo subieron a un avión y lo llevaron a una clínica en Baltimore, donde lo sometieron a un tratamiento que al menos impidió que el hueso dañado siguiera encogiéndose. Su padre quería que lo dejaran normal, que saliera del hospital de Baltimore con las dos piernas del mismo tamaño, sin ser cojo para toda la vida. Pero los médicos le explicaron que eso era imposible, que el hueso se había empequeñecido y ya no había forma de hacerlo crecer.

—Entonces córtenle la otra pierna —dijo el viejo Bobby, sin titubear—. Móchenle ocho centímetros de la pierna izquierda. Así me lo emparejan y me lo regreso a Lima más chato, pero como un chico normal.

Los médicos se negaron a amputar parte de la pierna sana del cojo. Su madre se indignó tanto con la sugerencia de don Bobby, que le dio una bofetada y le dijo en inglés que era un borracho hijo de puta, y se lo dijo en presencia de los médicos, que se hicieron los distraídos.

—Si Dios nos ha mandado a un hijo cojo, lo trataremos con amor —dijo doña Vivian, los ojos acuosos por la emoción y por los whiskys que se había echado para mitigar la emoción.

—El problema es que además de cojo pinta para cojudo —sentenció don Bobby, y por suerte el cojo no lo escuchó, porque estaba dormido, anestesiado.

Cuando regresaron a Lima, todo cambió. Don Bobby dispuso que construyeran una habitación con baño al fondo del jardín, donde dormiría su hijo el cojo, acompañado siempre de una empleada doméstica. El cojo no entendió por qué no podía seguir durmiendo en su cuarto, por qué lo mandaban a dormir a esa casita al fondo del jardín, lejos de todos. Ya don Bobby y doña Vivian habían tenido dos hijos más, de cuatro y dos años, a los que llamaron Charles y Peter. En los dos años siguientes al descubrimiento de la enfermedad del cojo tuvieron dos hijos más, Vivian e Ian, con una premura que solo podía entenderse por la vergüenza que sentían de su hijo cojo y la necesidad de tener más hijos que caminasen normalmente. Cuando el cojo cumplió doce años, ya era un niño jodido, acomplejado, lleno de rencor contra sus padres. Porque no lo dejaban participar de las fiestas, de las comidas, de los cumpleaños de sus hermanos. Porque lo habían sacado del colegio y le daban clases particulares en su casita oscura al fondo del jardín, allí donde lo habían confinado como si fuera un leproso.

El cojo entendió, porque era tonto pero no tanto, que sus padres querían esconderlo del mundo, que era una mancha en la familia, un error genético, una molestia para todos. Sus hermanos menores se burlaban de su cojera y hasta las empleadas domésticas se reían, cubriéndose las bocas desdentadas, cuando hacían chistes crueles sobre el cojito, al que llamaban *El Rey de la Cumbia*. La vida del cojo parecía condenada a la clandestinidad impuesta por sus padres y al escarnio de sus hermanos y amigos. El cojo lloraba amargamente cuando había una fiesta y lo dejaban encerrado en la casita al fondo del jardín para que nadie supiera que existía y cojeaba notoriamente, que don Bobby, el gran empresario irlandés que había triunfado en Lima y acababa de fundar un banco, tenía un hijo cojo y medio tonto, que no caminaba bien ni se expresaba con la propiedad y la lucidez que se esperaría de su hijo mayor. El cojo se sentía una mierda, una basura, cuando lo escondían de los demás. *Yo no tengo la culpa de ser cojo*, pensaba. *Dios, hijo de puta, por qué mierda me hiciste cojo*, se lamentaba. Y un día que era el cumpleaños de Charles, el cojo se rebeló y rompió el cautiverio en el que se hallaba y le dio un puñete y una patada a la empleada que estaba obligada a vigilarlo y salió corriendo y cojeando a la vez hasta llegar al comedor donde los invitados estaban cantándole *Happy birthday* al niño Charles. Todos enmudecieron cuando vieron entrar al cojo cojeando con la cara encabronada y el ánimo de venganza. Su padre le gritó:

—Bobby, ¿qué demonios haces acá? ¡Vuelve inmediatamente a tu cuarto!

La torta blanca estaba coronada por unas velas encendidas que Charles debía soplar cuando terminasen de cantarle *Happy birthday*. El cojo no le hizo caso a su padre: se subió a la mesa, pisando sanguchitos, alfajores y gelatinas, se bajó la bragueta ante la mirada atónita de las señoras y los amiguitos de Charles, y empezó a mear sobre la torta, apagando las velas. Luego lanzó una risotada feroz, malvada, que dio escalofríos a su madre y que hizo que su padre, don Bobby, sentenciara en voz baja:

—Te jodiste, cojo de mierda. Ahora te mando al internado inglés.

El loco no nació loco. Nació feo y tartamudo y eso le jodió la vida y terminó por volverlo loco.

No todos los feos y tartamudos se vuelven locos, pero el loco nació con un talento natural para la locura y para hablar de una manera tan violenta y atropellada que nadie podía entenderlo, así que estaba en su destino que nadie lo entendiera y ser por eso un loco y no un loco cualquiera sino uno del carajo, un loco memorable, el loco más enloquecido de una ciudad llena de locos como Lima.

Casi todos los padres dicen que sus hijos son lindos y encantadores, pero los padres del loco, cuando lo vieron nacer, quedaron asustados por lo feo que era y por lo espantosos que sonaban los alaridos que lanzaba. No parecía un bebé nacido para ser feliz, parecía un amasijo peligroso de rabia y fealdad, un bicharajo hediondo, peludo y pingón que movía los pies como queriendo patear a todo el que pudiera y lloraba de una manera entrecortada, anunciando su brutal tartamudez.

Era el primer hijo de don Ismael y doña Catalina y había sido concebido con amor, pero no por eso les pareció menos feo y odioso. Lo odiaron desde la primera vez que lo vieron y lo siguieron odiando cuando creció y siguió gritando y pateando y rompiendo todo y cuando empezó a hablar en ese idioma fragmentado y frenético que parecía haberse inventado para joder a todo el mundo y en el que nadie podía entenderlo.

Podía perdonársele que fuera tartamudo, pero además era feo, antipático, chillón, peludo y peligroso como una tarántula, y sus padres se sentían avergonzados de haber procreado a una criatura que, a los ojos de cualquiera, resultaba horrenda e insoportable de mirar.

Como era previsible, don Ismael y doña Catalina vengaron ese primer fracaso inesperado teniendo cinco hijos más, cinco hijos que les salieron guapos y bien hablados, cinco hijos que borraron esa mancha oprobiosa que era el loco, y procuraron alejarlos todo lo posible del primero y más fallido de sus hijos, al que entregaron al cuidado de las empleadas domésticas y al que, para no afearse la vida o para no recordar ese fracaso genético, trataban de ver lo menos posible.

El loco supo desde muy niño que sus padres no lo querían, que sus hermanos no lo querían, que las empleadas que lo cuidaban tampoco lo querían ni le tenían paciencia y le jalaban las orejas y le decían groserías a escondidas, sin que oyeran los patrones. El loco supo que era un estorbo, un asco, un fastidio para todos, solo que al comienzo no entendía bien por qué nadie lo quería, si por tartamudo o por feo o porque le crecían pelos por todas partes y parecía una araña venenosa.

El loco no iba al colegio porque era más bruto que una pared de cemento y no entendía nada y nadie lo entendía a él. Sus padres contrataron a un profesor particular para que le enseñase a leer y escribir y sumar y multiplicar, pero el loco era una bestia redomada y no aprendía un carajo y cuando le hablaba al profesor no se sabía si lo estaba insultando o halagando o si estaba pidiéndole permiso para ir a cagar. Lo raro era que el loco no se empantanaba con las palabras, no era un tartamudo normal, al loco las palabras le salían tan atropelladamente que se montaban unas sobre otras y terminaba diciendo en una palabra incomprensible lo que había pensado decir en tres o cuatro. Era una ametralladora verbal, disparaba las palabras como balas o cartuchos y estallaban en la cara de quien hiciera el esfuerzo de escucharlo y entenderlo, un esfuerzo que siempre resultaba inútil, porque a veces ni el propio loco entendía lo que había dicho o querido decir.

No había cumplido trece años el cojo cuando sus padres lo llevaron al puerto del Callao y lo subieron a un barco que lo llevaría a Londres, a un colegio internado. El cojo subió las escaleras cojeando y no volteó para despedirse de sus padres. No quería verlos más. Su madre lloraba, arrepentida, pidiéndole a don Bobby que bajase al niño de ese barco y que tuviese un poco de piedad con su hijo mayor. Pero don Bobby era duro como los más duros y por eso había triunfado en los negocios y no dejaría que ese cojo malnacido le jodiese la vida, avergonzándolo frente a sus amigos, los grandes señores de Lima. Había que mandar al cojo lejos de Lima y que otros se encargasen de educarlo y hacerlo un hombrecito y meterlo en vereda, carajo. No por cojo iba a ser un marinconcito engreído por su madre, no por cojo iba a ser un tontito que se pasaba el día comiendo *marshmellows*, oyendo la radio y tirándose pedos estruendosos que a don Bobby lo ponían de muy mal humor. El cojo tenía que irse lejos, a un internado en Londres, donde lo someterían a severas reglas de disciplina que forjarían su carácter y lo salvarían de ser un imbécil redomado. Era lo correcto, era lo que había que hacer por su bien, pensaba don Bobby. *Solo así el cojo no será el grandísimo cojudo que es ahora y que seguirá siendo si lo dejo apañar por Vivian y las empleadas.* Por eso don Bobby permaneció de piedra, como una estatua, y el cojo no volteó a hacerles adiós a sus padres y doña Vivian gritó *cuídate Bobby, ya te vamos a ir a visitar en el verano.*

Mentira, seguro que no vendrán nunca, pensó el cojo, odiándolos. Tenía razón. Sus padres no fueron a visitarlo en verano ni en invierno ni en ninguna estación durante esos cuatro largos años en los que el cojo se hizo hombre, se hizo un hombre malo y vengativo y lleno de odio contra el mundo, un odio comprensible, dado el odio con que el mundo, comenzando por sus propios padres, lo había tratado a él por el simple hecho de ser cojo.

Ya en el barco, el cojo comprendió que el viaje al internado sería un viaje al infierno y que las humillaciones que había sufrido en casa de sus padres, en la casita al fondo del jardín, eran un juego de niños comparadas con las que le tocaría vivir ahora que estaba solo frente al mundo, solo, engominado, con saco, corbata, pantalón corto y un zapato con un taco bien grande para emparejarlo con el otro zapato sin taco. Ya en el barco, el cojo comprendió que estaba solo y a su suerte y que su supervivencia dependía de él, de su fortaleza, de su rabia, de su instinto asesino para derrotar a sus adversarios, que parecían incontables y se multiplicaban con los días. Porque el viaje en barco se le hizo eterno entre los vómitos por los mareos y los vómitos por las violaciones que sufría cada noche cuando el capitán del barco y sus tripulantes se turnaban sodomizándolo, metiéndole una media en la boca para que no gritase. El cojo llegó a Londres con una lección aprendida y bien aprendida: el mundo se dividía entre quienes rompían el culo y quienes tenían el culo roto. Si bien desgraciadamente él lo tenía ya roto, ese era un secreto que se quedaría en ese barco de mierda y él aprendería a ser un hombre que le rompía el culo a los demás. Nunca más le romperían el culo. Eso lo tenía claro y para eso tenía que hacerse fuerte, el más fuerte de todos, y por eso cuando llegó al internado, todavía cojeando por la cojera natural y por la cojera del culo roto, estaba poseído por la certeza de que en un año nadie en toda su promoción tendría más músculos que él y nadie podría romperle el culo, porque él primero le rompería la cara a puñetes y luego le rompería el culo en venganza para demostrarle quién era el más fuerte, quién era el cojo de verdad. Porque el cojo salió del barco con esa certeza: *Mi cojera es una tontería que puedo superar siendo un toro, la verdadera cojera es cojear porque te han roto el culo tres ingleses borrachos turnándose para montarse encima de ti y dejarte el resto de la noche cagando leche en el inodoro. Yo seré de los que rompen el culo,* se dijo el cojo cuando llegó al internado.

Para hacer la historia corta, los primeros dieciocho años de la vida del loco fueron una mierda pura. No fue al colegio, no tenía amigos, sus padres lo odiaban y lo escondían de los invitados, era un grano purulento que le había salido en la cara a la ilustre familia Martínez Meza, un grano al que había que aplastar o tapar con una cinta adhesiva para que, en lo posible, nadie viera, porque don Ismael y doña Catalina no entendían cómo, si se querían tanto y tiraban tan rico, podían haber engendrado a una criatura tan espantosa como su hijo primogénito, el loco peludo tartamudo.

Cuando se dieron cuenta (y esto no tomó mucho tiempo) de que el loco no tenía cura y que era más bruto que un buey de carga (pero menos sumiso que un buey de carga y sin aptitudes para cargar nada), sus padres decidieron que no valía la pena tratar de educarlo, reformarlo, adecentarlo o hacerlo menos impresentable, simplemente se resignaron a que habían parido a un esperpento, como quien se tira un pedo o eructa ruidosamente, y decidieron que lo mejor era esconderlo hasta que fuera mayor de edad y luego mandarlo al extranjero para que hiciera su vida lejos de ellos y sus cinco hijos guapos y bien hablados, que no veían al loco como su hermano sino como un accidente desafortunado al que era mejor ignorar, como quien pasa manejando en su auto y ve un choque y prefiere no mirar los cuerpos ensangrentados y mutilados en la autopista.

El loco creció solo, ensimismado, hablando consigo mismo en unas palabras que nadie podía entender. Vivía con sus padres en un departamento de tres pisos en la avenida Pardo de Miraflores, pero dormía en los cuartos del servicio doméstico, con las empleadas y el chofer y el guachimán y guardaespaldas de don Ismael, y estaba explícitamente prohibido de participar de cualquier reunión social o familiar, incluyendo la cena de navidad o los cumpleaños de sus padres o hermanos. Esto al loco no le parecía raro, anormal, abusivo o injusto porque así fue toda su vida y ya desde muy chiquito comprendió que él era distinto, que era loco, bruto y feo y que lo natural era que lo encubrieran, que lo hicieran invisible, que tuviera esa vida clandestina, asolapada, en el área del servicio, como si fuese el hijo de don Ismael y una de las empleadas domésticas. Catalina, su madre, trató de quererlo, hizo esfuerzos por encontrar algo de ternura o compasión en ella, pero el loco era más feo que una cucaracha (aunque bastante menos listo) y solo babeaba, se sobaba la pinga, se rascaba los pelos que le salían de las orejas y la nariz, se buscaba los mocos que enseguida llevaba a la boca, era un crío tan horripilante, sucio y acojudado que resultaba imposible quererlo, incluso para su madre.

Tonto como era, resultó sin embargo precoz en las cosas del sexo, y ya a las once años le habían crecido una verga de proporciones y un matorral de vello púbico que el loco se andaba sobando y refregando todo el día en los cuartos del servicio doméstico en los que malvivía entre las sombras y los colchones estragados de las empleadas. Lo que el loco no sabía decir con palabras, porque le salían torcidas, bastardas, lo sabía decir con la pinga. Todo el día andaba con la pinga parada y mirando las tetas y los culos de las empleadas y haciéndose unas pajas demenciales, al tiempo que pronunciaba palabras impregnadas de calentura, de rabia, de impaciencia hormonal, palabras por supuesto ininteligibles, pero que una de las empleadas supo descifrar: el loco estaba ardiendo por tirar y si no le mojaban la pinga se iba a volver un loco malo y terminaría matando a alguien, quizás a una de ellas. Esta mujer, Juana, que andaba ya en sus cuarentas y se había convertido a la religión mormona, no era particularmente agraciada, pero tenía tetas, culo y vagina, y eso era suficiente para enardecer al loco y despertar sus más bajos instintos. No fue por deseo sino por pena que Juana, la mormona, accedió a masturbar un día al loco, que se le apareció con la verga erguida y al aire, y desde entonces ya no pudieron parar, el loco por arrechura desenfrenada y Juana porque como buena mormona tenía que sacrificarse sirviendo a sus semejantes y amando al prójimo, en este caso al loco pajero y pingón que se le metía al cuarto de noche y le pedía una paja más. Lo que comenzó como una paja pasó luego a una mamada (y entonces fue cuando el loco comprendió que a pesar de todo podía ser feliz: nada era objetivamente más placentero que meterle la pichula en la boca a una mujer desdentada) y terminó con Juana montándose a horcajadas sobre el loco arrecho y cabalgando sobre él, mientras escuchaba unas palabras que parecían dichas en latín, pero era el loco masticando y entreverando "qué rica estás, chola pendeja", de tal manera que solo se escuchaba algo así como "qué-ri-tás-cho-la-ja", palabrejas que calentaban a Juana, la mormona mamona.

Una noche, los gritos de éxtasis del loco fueron tan desaforados que don Ismael se levantó de la cama, sacó la pistola y la linterna y terminó entrando al cuarto del servicio e iluminando a su hijo que culeaba con Juana, la mormona. Enterada de que su hijo, el loco tartamudo, andaba copulando con las cholas del servicio, doña Catalina tuvo un ataque de pánico (que entonces no se conocía como ataque de pánico sino como patatús) y ordenó que Juana fuese despedida y que el loco arrecho de su hijo fuese enviado de inmediato a la hacienda que tenían en Huaral, a cuatro horas en auto al norte de Lima, y se quedase a vivir allí. Su esposo Ismael estuvo de acuerdo y dio instrucciones para que las mujeres que trabajaban en su hacienda no se acercasen al loco, porque sabía que terminaría metiéndoles la pichula a todas las campesinas del valle y a las gallinas y ovejas en caso de extrema necesidad. Fue así como el loco, con apenas doce años, dejó de vivir en Lima y fue expulsado a la hacienda de sus padres en Huaral, donde lo trataban como si fuera un peón más, obligado a levantarse al alba y a cumplir con las faenas del campo, que él sabía cumplir sin quejarse, aunque sobándose la pinga a cada rato.

En ese ambiente bucólico, entre árboles de manzanas, naranjas y mandarinas, subiéndose a los tractores, montando a caballo, culeando con las cholas entre los matorrales, bañándose con ellas en la acequia, el loco fue más feliz que nunca y se hizo querer por los peones y sus mujeres, que apreciaban su sencillez, su reciedumbre para el trabajo, ellos, y, ellas, su permanente disposición para culear a cualquier hora y en cualquier lugar. *Loquito pingaloca*, le decían, y él sonreía feliz porque por fin había encontrado un lugar en el mundo donde la gente lo quería y donde había un montón de tetas, culos y vaginas que él podía manosear, mientras los peones dormían, comían o trabajaban.

Nadie supo nunca cuántos de los bebés que nacieron esos años en la hacienda de Huaral eran hijos de los peones o del loco pingaloca que se cepillaba a cuanta chola pudiera, arrastrándose baboso tras ellas como un caracol insaciable. Algunos peones notaron que los bebés que iban naciendo desde la llegada del loco eran más peludos y pingones, pero nadie se atrevió a plantear en voz alta la cuestión y las mujeres siempre alegaron con vehemencia y a gritos y dando bofetadas a sus maridos que nunca jamás se hubieran dejado tocar por el loquito pingaloca ese, quien, por supuesto, bien que les había enterrado la culebrilla.

No fue una sorpresa para el cojo que sus padres no fuesen a visitarlo como le habían prometido. Ya se lo esperaba y en realidad casi prefería que no fuesen. No quería verlos en un tiempo largo, hasta que se convirtiese en un toro, en una masa de músculos henchidos. Porque esa era su obsesión, el fuego que lo consumía, la pasión que lo hacía saltar de la cama a las cinco de la mañana, antes que ninguno de sus compañeros del internado: la de ser el más fornido, el más corpulento, el más robusto de todos los chicos del internado. Por eso nadaba dos horas cada mañana, de cinco a siete, antes del desayuno, y luego de las clases, cuando los demás jugaban ping pong o leían libros de aventuras o escuchaban la radio o escribían cartas a sus parientes y amigos, el cojo se metía al gimnasio con una furia ciega y levantaba pesas durante tres horas seguidas sin que nadie lo vigilase ni le dijese lo que debía o no debía hacer. En un año o poco más, con apenas trece años, el cojo se había convertido en un mastodonte. Tenía las espaldas anchas, los brazos hinchados y fibrosos, el pecho de un atleta. De la cintura para arriba, era un toro. Sus piernas, sin embargo, se habían hecho todavía más disparejas, no porque la más corta se le hubiese encogido, sino porque la más larga era en extremo musculosa y la corta era delgada y huesuda. Por eso el cojo odiaba ponerse pantalones cortos o calzoncillos cortos o bañadores que exhibieran sus piernas desiguales. Nadaba con un traje que le cubría las piernas y asistía a clases en pantalones largos y dormía con calzoncillos largos y no dejaba que nadie, ni siquiera Brian, su compañero de cuarto, le viera las piernas.

Por supuesto tuvo que trenzarse a golpes no pocas veces para hacerse respetar, y siempre terminó dándole una paliza inclemente, sañuda, a quien había osado decirle un apelativo desdeñoso, un insulto, una alusión a la maldición de su pierna corta. Con la rabia que había acumulado desde que sintió que sus padres lo rechazaban por ser cojo y con la fuerza que adquirió nadando y levantando pesas, el cojo descargaba una andanada de golpes brutales sobre el rostro del insolente de turno y no se detenía hasta dejarlo tumbado, ensangrentado y a veces inconsciente. Era tan incontrolable su sed de violencia, que a menudo él mismo provocaba los conflictos. No esperaba a que lo insultasen o se burlasen de él, pues ya nadie se atrevía a desafiarlo, ya sabían que el cojo peruano era un loco de mierda que te partía la cara y los cojones y que había dejado tuerto a un chico de Liverpool, al que tuvieron que sacar del internado y mandar de regreso a casa porque nunca recuperó la visión del ojo izquierdo, lo que al cojo le provocó una sensación parecida al júbilo o la euforia. Como se sabía invencible, ahora era él quien fastidiaba a los muchachos de su promoción y a los de las promociones superiores, y si alguno cometía la imprudencia de caer en sus provocaciones y responderle, el cojo descargaba con rabia asesina todo el odio que sentía contra el mundo, contra sus padres, contra su pierna flaquita y ocho centímetros más corta que la otra. El director del internado llamó por teléfono a don Bobby y le dijo que la situación se había tornado insostenible y que tenía que calmar a su hijo o se veía obligado a expulsarlo, pues ya eran muchos los chicos que habían quedado lastimados y malheridos, víctimas de la rabia matonesca del cojo.

—Su hijo es muy malo —le dijo el director.

—Es normal —dijo don Bobby—. Todos los cojos son malos.

—Pero tiene que hacer algo para calmarlo —le dijo el director.

—Le pagaré el doble si lo deja en el internado —respondió don Bobby—. Por mí, que le siga sacando la mierda a todo el mundo. Así aprenderá a salir adelante en la vida.

Al director no le quedó más remedio que seguir conviviendo con el cojo malo que reducía a piltrafas llorosas a sus enemigos. Todos, además, eran sus enemigos. Porque el cojo no tenía amigos, no tenía compañeros, no hablaba con nadie. Solo se llevaba bien con Brian, su compañero de cuarto, pero no por eso hablaba con él, simplemente no le pegaba y lo protegía si algún matón quería abusar de él. Ya los chicos sabían que Brian era intocable, era el protegido del cojo. Nadie entendía por qué el cojo lo cuidaba tanto, si nunca hablaban ni jugaban juntos ni parecían ser amigos. Pero en las noches, el cojo se bajaba del camarote, se metía a la cama de Brian y lo sodomizaba como lo habían sodomizado a él en el barco, noche tras noche, borracho tras borracho, dejándole el culo roto y enlechado. Lo raro era que Brian no se quejaba, no lloraba, no protestaba.

Lo raro era que Brian parecía disfrutar de que el cojo se la metiera por el culo todas las noches, ensalivándose bien la pinga gorda, ya de hombre. El cojo se preocupó una noche que Brian le lamió la mano y el brazo mientras se la metía. *Parece que a este inglesito le gusta que le rompa el culo, qué raro*, pensó el cojo, feliz de estar en el bando de los que rompían el culo a los demás. Hasta que una noche, después de montarse a Brian, subió a su camarote y se quedó dormido y cuando despertó Brian estaba a su lado, abrazándolo, besándolo. El cojo lo empujó, saltó del camarote y le dio una paliza. Luego le dijo en voz baja:

—Tu culo es mío, pero te prohíbo que me toques o me beses. Si te enamoras de mí, te mato.

Brian comprendió las reglas del juego y nunca más acarició ni besó a su amante furtivo, a ese cojo malnacido al que él amaba en secreto, sin entender por qué vivía siempre molesto, enrabietado, incluso cuando se la metía, porque el cojo era un cojo molesto siempre, también cuando le rompía el culo a Brian parecía molesto, gozaba a su tortuosa manera pero seguía molesto y nunca dejó de estar molesto, tal era su destino, el jodido destino del cojo malo y molesto.

Todo cambió cuando llegó la gringa. El loco tenía ya dieciséis o diecisiete años y lo único que de verdad le interesaba en la vida era culear, todo lo demás le parecía aburrido o prescindible.

Cuando el loco vio a la gringa, no se volvió más loco, extrañamente se volvió menos loco, se puso más cuerdo, empezó a hablar más despacio, dejándose entender. La gringa le cambió la vida, se diría que lo cambió para bien. La gringa era una chica de dieciséis o diecisiete años que vivía con sus padres, unos aventureros norteamericanos de Michigan, en la hacienda vecina, a orillas del río en el que el loco se bañaba y a menudo retozaba con las campesinas y lugareñas. Un día, el loco salió desnudo del río, se subió a un árbol y empezó a hacerse una paja pensando en nada, porque así era el loco, le encantaba hacerse pajas trepado en los árboles desnudo, comiendo una manzana verde con una mano y agitándose la verga con la otra, y de pronto vio, en sostén y calzón, a la criatura más bella que sus ojos miopes habían visto nunca: a la gringa Lucy metiéndose al río. El loco dio un grito de arrechura y euforia al verla y ella volteó y esa fue la primera vez que sus miradas se entrecruzaron: ella lo vio arriba de un árbol, desnudo, con la pinga apuntándole, y él la vio con el calzón medio mojado por el río y la cara de pasmo e inocencia y el culito más rico que había visto en su miserable vida de tarántula. Ni tonto, el loco siguió haciéndose una paja asesina mientras Lucy, la gringa, se quitaba el sostén y luego, muy despacio, el calzón, haciéndose la desentendida pero sabiendo bien que ese loco peludo estaba ardiendo allá arriba por ella. Esos fueron los minutos más felices en toda la vida del loco y fueron también los minutos que le cambiaron la vida para siempre, porque se enamoró de la gringa y cuando eyaculó pudo ver que su leche viscosa salió disparada con tanta potencia que cayó en el río en el que Lucy se hacía la que se lavaba el poto, dándose baños de asiento.

No se dijeron una palabra, ella no supo que ese pajero trepador se llamaba Pancho y era el hijo del dueño de la hacienda vecina, y él tampoco supo que esa gringuita deliciosa era la hija de los gringos de Michigan que vivían al lado. Todas las tardes a la misma hora, el loco se desvestía al pie del árbol, se trepaba como un mono y esperaba a que la gringa llegara al río, se quitara la ropa y se diera sus baños de asiento hasta que él, frotándose el colgajo con una virulencia insana, disparase su semen como un misil teledirigido al culo de la gringa. Fue así, sin palabras, sin cortejos ni galanterías, sin citas ceremoniosas ni promesas de amor, como el loco y la gringa se enamoraron: ella, viendo lo desmesuradamente caliente que él estaba por ella y lo bien dotado que había nacido para las refriegas del sexo, y él, ardiendo de la pura arrechura campestre por ella, la única blanquita de tetas paradas que había visto en todo Huaral, la gringuita más linda que había visto en su vida, el culito que, soñaba, un día sería suyo.

Harto de tantas pajas, y deseándola como un poseso, el loco se afeitó, se vistió con ropa planchada, dijo algunas palabras frente al espejo (*eres una mamacita; eres una ricura; eres una hembrita bien bonita; quiero ser tu macho, mamita*) y fue a esperar a la gringa, pero no se subió desnudo al árbol, la esperó vestido, afeitado y perfumado y repitiendo las palabras que, apenas ella apareció con un vestido de flores, le dijo acercándose con aplomo viril, mirándola a los ojos, sin tartamudear un instante:

—Eres una hembrita bien rica, quiero ser tu macho, quiero casarme contigo.

La gringa Lucy soltó una carcajada y dijo algo en inglés que el loco no entendió y dos minutos después estaban culeando al borde del río y él le decía *quiero ser tu macho, quiero casarme contigo*, y ella perdía la virginidad con ese animalejo libidinoso y velludo que se había encontrado en los árboles de Huaral y que era bruto para hablar pero no para sacudirle la pinga y decirle arrechuras ricas al oído.

Como era previsible, meses más tarde, la gringa le contó asustada al loco que no le venía la regla y el loco no entendió nada y se la culeó igual, pero un tiempo después, al ver cómo le crecía la panza a la gringa, entendió que le había hecho un hijo y que la gringa ni cagando se lo iba a sacar con tenazas o con una comadrona al borde del río, la gringa amaba al loco peludo tartamudo y estaba tan aterrada como ilusionada de parir al bicho impensado que ese loco le había dejado en el vientre. El escándalo, cuando la gringa anunció el embarazo a sus padres y cuando los padres del loco se enteraron, fue considerable, porque ambos eran legalmente menores de edad, tenían diecisiete, así que los padres de la gringa y del loco se reunieron en Huaral y acordaron que lo mejor era que el bebé naciera discretamente allí mismo, en una hacienda o en la otra, y que una chola partera se ocupara de atender a la gringa y que el cura del pueblo los casara antes de que naciera el renacuajo.

Fue así como la gringa Lucy y el loco Pancho se casaron ante el cura del pueblo (que decían se la había chupado a la mitad de los peones de la hacienda y que era un astro mamándola de rodillas) y fue así como nació, unos meses después, un gringuito rollizo y llorón, pingacorta, pecoso, pedorro y cagón, al que llamaron Panchito, y al que los peones y sus mujeres llamaban Chizito, porque, a diferencia de su padre, llevaba una cosa minúscula en la entrepierna, una pichulita tan chiquita que, si se le metía, fácil podía parecer clítoris, decía la bestia de su padre, que cuando estaba con la gringa Lucy era capaz de hablar y hacerse entender, al menos hacerse entender por ella, que normalmente entendía que él estaba arrecho y quería arrimarle el piano, pues el loco Pancho no era hombre de andar filosofando, reflexionando, preocupándose por el futuro o indagando por el sentido de la vida.

El loco y la gringa vivían y dormían en la hacienda de los Martínez Meza, que era más grande y más linda que la hacienda vecina de los gringos Hudson Brown, y como no hacían otra cosa que atender a Panchito Chizito y culear parejo, era lógico y previsible que un año después naciera una niña trinchuda, peluda, caprichosa y pecosa, a la que llamaron Elizabeth, en honor a Elizabeth Taylor, que, por supuesto, el loco no tenía la más puta idea de quién era, pero la gringa y sus padres sí, y por eso insistieron en ponerle Elizabeth y el loco no se opuso.

Por supuesto, los padres de la gringa hubieran preferido que su hija Lucy no se enamorase de esa sanguijuela peluda, pero la veían tan contenta que se resignaban a aceptar su amor como una derrota moral, como una concesión inevitable en aras de la felicidad de su hija. Por supuesto, los padres de Pancho estaban extasiados y orgullosos de que su hijo, tamaña bestia peluda, hubiese terminado casándose con una chica linda y de buena familia como Lucy Hudson Brown y no podían creer cómo había cambiado para bien el loco apestoso de su hijo, que, gracias a la buena influencia de Lucy, ahora hablaba más despacio, se afeitaba, no olía a caca ni a meado y se vestía con un mínimo decoro. Estaba claro entonces que los Martínez Meza habían salido ganando en esa alianza y que los Hudson Brown habían resultado dignos y sufridos perdedores, en particular la mamá de Lucy, la señora Michelle Brown de Hudson, que no entendía por qué el loco Pancho le miraba las tetas y el culo y parecía tener ganas de empujársela el día menos pensado, cosa que le provocaba tal repugnancia y aversión que llegaba a cuestionarse que siguieran viviendo allí, en Huaral, y a veces le sugería a su marido, don Thomas Hudson, que volvieran a Michigan con sus hijas Patty y Pam, las gemelas, ocho años menores que Lucy y a las que el sátiro del loco ya les había echado el ojo. Con sabiduría intuitiva, la señora Michelle pensaba que su yerno quería culearse a toda su familia, menos a su esposo Thomas, y eso le parecía un peligro que ella debía conjurar, huyendo cuanto antes de regreso a Michigan.

El cojo se graduó del internado a los dieciséis años y sus padres fueron a la ceremonia de graduación luego de cuatro años sin verlo, desde aquella tarde en que lo subieron al barco en el puerto del Callao. No se graduó con honores ni buenas calificaciones, como era de suponerse, y no debería haberse graduado porque sus exámenes eran mediocres cuando no pésimos, pero los profesores se vieron obligados a subirle las notas porque el cojo los amenazaba con sacarles la reputa madre que los parió y ellos sabían que ese cojo peruano no era un fanfarrón, era una bestia sedienta de sangre humana, un energúmeno que se deleitaba aporreando a cualquiera, con razón o sin ella. Por eso se graduó el cojo, porque todos en el internado le tenían un miedo del carajo, incluyendo el director, los profesores y los alumnos de todas las promociones. El cojo lo había conseguido, había aprendido la lección del barco: nunca más le romperían el culo, ahora era él quien le rompería el culo a todo el mundo. Y el mundo ahora dejaba de ser el maldito internado, donde quedó Brian llorando de amor por su chico peruano que no se despidió siquiera con un abrazo y que la última noche le terminó en la boca para que se acordara siempre del sabor de su leche; ahora el mundo volvería a ser el que había dejado atrás, la ciudad de Lima, de la que había escapado siendo un cojito acomplejado, y a la que ahora volvía en avión, solo, porque sus padres, luego de acompañarlo en la ceremonia de graduación, se deshicieron rápidamente de él, lo subieron a un avión rumbo a Lima y se fueron a Viena, Ginebra y Salzburgo a disfrutar de la música culta, que era una de las pasiones de don Bobby, y que hacía bostezar comedidamente a doña Vivian, que soportaba las noches en la sinfónica a cambio de las tardes en las tiendas de lujo, comprándose la ropa de moda que nunca le quedaba bien porque ella había nacido para ser regordeta, así como su hijo había nacido para ser cojo y jodido.

Nadie reconoció al cojo cuando regresó a Lima. Era un toro. Su mirada era la de una bestia asesina. Había en sus ojos una sed de venganza que espantaba a los más valientes. Cojeaba con aspereza, haciéndolo notar, sin disimularlo, cojeaba como diciéndole al mundo: *Mira, soy cojo, pero así cojo como soy te puedo romper la cara y el culo cuando me dé la gana, y mejor ni me mires que te aplasto como a cucaracha.* Incluso sus padres le tenían miedo. En cierta ocasión, don Bobby levantó la voz y lo mandó a la casita al fondo del jardín y el cojo se le plantó a medio metro, lo levantó de las solapas y le dijo:

—No me hables así, viejo conchatumadre, que la próxima vez te aviento por la ventana y te meo encima.

Don Bobby entendió que al cojo había que respetarlo, que el cojo estaba loco y que una broma mal dicha o una insolencia podían costarle la vida. Nadie se metía con el cojo. Hacía lo que le daba la gana. Y la verdad es no le daba la gana de hacer nada. No quería estudiar, no quería postular a ninguna universidad. *La universidad es para los maricones*, decía. *Yo ya tengo plata, ¿para qué mierda voy a estudiar huevadas que me enseñen profesores culorrotos? No hables así, Bob*, le decía doña Vivian, pero el cojo se hacía respetar, nadie lo obligaba a estudiar ni a trabajar ni a hacer nada, dormía hasta mediodía en su casita al fondo del jardín, fumaba todo el día y en presencia de sus padres (una sola vez don Bobby le dijo *apaga ese cigarro*, y el cojo lo apagó en la mano de su padre, que dio un alarido, mientras el cojo se reía con crueldad), comía descontroladamente pero no engordaba porque todas las tardes se iba a nadar dos horas al club de natación y luego se pasaba dos horas en el gimnasio levantando pesas para que nadie volviera a romperle el culo nunca más en su vida de cojo miserable.

El cojo tenía dieciséis años, casi diecisiete, y ya había quedado en evidencia que no poseía una inteligencia poderosa y solo tres cosas le obsesionaban por igual: las mujeres, las pistolas y las motos. Por eso obligó a su padre a que le comprase la mejor moto de la ciudad y dos pistolas, una calibre veintidós y otra de calibre treinta y ocho, además de abundante munición para ambas. Don Bobby veía con cierto orgullo a esa bestia desalmada en que se había convertido su hijo. Era cojo, sí, pero bien hombre, y se hacía respetar, y nadie le pisaba el poncho, y eso era más importante que nada, por eso le compró la moto y las pistolas y le daba toda la plata que el cojo le pedía para irse de putas con su amigo Mario Hidalgo, al que conoció en la mejor casa de putas de San Isidro y desde esa noche se convirtió en su único amigo, porque Mario, no siendo cojo, también andaba en moto, también tenía pistolas (y más que el cojo), también era un vago y también odiaba a sus padres, aunque por razones que el cojo no entendía, pero Mario, cuando se emborrachaba, decía que su viejo era un jijunagramputa que odiaba a los cholos y se ponía a llorar y decía que los cholos no tenían la culpa de ser cholos, *así como tú no tienes la culpa de ser cojo, huevón*, y el cojo lo entendía y sentía una extraña complicidad con ese muchacho alto, desgarbado, de perfil aguileño, cuya familia tenía más plata que la del cojo y que lo trataba con cariño, sin esconderlo, invitándolo a las fiestas, todo lo que nunca habían hecho sus padres. Por eso el cojo se hizo íntimo amigo de Mario y pasaba más tiempo en casa de Mario que en la casita al fondo del jardín donde lo mandaban, y muchas veces se quedaba a dormir, borrachos los dos porque ya empezaban a darle duro al trago, en casa de Mario, que era una de las grandes mansiones de San Isidro. Pero borracho y todo, al cojo nunca se le ocurrió romperle el culo a Mario, Mario era su amigo del alma, su mejor y único amigo, y él y Mario le romperían el culo a todo el mundo, pero nunca él a Mario. Porque además el cojo lo que quería era dejar de ir de putas con Mario y enamorarse de una chica bien del Villa María y salir con ella, llevarla al cine, a tomar un helado, lucirse con ella siendo cojo pero qué chucha, y metérsela bien metida aunque la mamona se haga la estrecha y no quiera, que bien que le va a gustar, que *todas las mujeres son putas, ¿no, Mario?* Y los dos andaban buscando novia desesperados, tanto que se subían a sus motos que hacían unos ruidos escandalosos y se plantaban a la salida del Villa María y esperaban a que saliera el ómnibus con las chicas del último año y Mario y el cojo iban en sus motos persiguiendo al ómnibus de las chicas, coqueteándolas, haciéndose los rudos, cigarro en la boca, camisetas ajustadas mostrando los brazos musculosos, provocando suspiros entre las jovencitas del Villa María, que se derretían por esos chicos malos en moto que las perseguían todas las tardes y que cada vez que una de ellas se bajaba en el paradero, le mandaban besos volados, le decían piropos, cosas osadas, siendo el cojo el más vulgar, pues a veces decía *¿no quieres venir con nosotros a comerte un hot dog?* o *¿mamacita, no quieres que te invite un chupete bombón?*, y Mario se reía y la chica se ruborizaba y nunca pasaban de ser los dos vagos en moto que andaban persiguiendo a las chicas del Villa. Hasta que una tarde, el cojo, tal vez por ser cojo, aceleró queriendo frenar y chocó violentamente contra la parte posterior del ómnibus de las chicas del Villa y salió volando y se partió el brazo y dos costillas y quedó alunado y medio inconsciente, mientras Mario trataba de reanimarlo. Y de pronto ambos vieron que una chica en su uniforme del Villa bajó corriendo del ómnibus a socorrer al cojo accidentado y les pareció la chica más linda que habían visto nunca en sus vidas de vagos pedorros: alta, flaca, pelo negro, ojos almendrados, buen cuerpo, elegante, distinguida, con aire a estrella de cine, como si fuese Liz Taylor bajando del ómnibus del Villa María para auxiliar al tonto del cojo que se fue de bruces, la moto todavía ronroneando en el piso. Y cuando esa chica angelical se hincó de rodillas y puso una mano bajo la cabeza del cojo y lo miró con una ternura que él no había visto jamás y le preguntó *¿estás bien?*, todo se jodió para siempre entre el cojo y Mario, porque fue inevitable que ambos se enamorasen en ese mismo momento de esa chica con aire a Liz Taylor y vocación de santa y enfermera.

Cuando, un año después, la gringa y el loco tuvieron una hija más, una bebita narigona y colorada a la que llamaron Soledad, y que miraba con ojos de bruja buena y no lloraba nunca y parecía un angelito, la familia Hudson Brown y la familia Martínez Meza sufrieron un trastorno considerable en sus vidas: la dictadura militar de un general cojo y bruto les confiscó sus haciendas, no les pagó un centavo en compensación y los peones pasaron a ser los nuevos propietarios de los fundos, porque, decía el general cojo y bruto, *el patrón no comerá más de tu pobreza*. Jodidos, humillados, despojados de su patrimonio más valioso, esas tierras que habían comprado y trabajado por años en un país que no era el suyo y que ellos habían elegido para ganarse honradamente la vida, los Hudson Brown no tuvieron más remedio que aceptar la brutal injusticia y abandonar el Perú como quien abandona a un enfermo que sabe que va a morirse pronto. Thomas y Michelle le rogaron a su hija Lucy que viajara con ellos de regreso a Michigan, acompañada por supuesto de sus tres hijos, pero Lucy no lo dudó y se negó a dejar el Perú y dijo que su misión en la vida era acompañar siempre al loco de su esposo. Preguntado adónde iría a vivir ahora que ya no tenían la hacienda de Huaral, el loco Pancho, que no sabía mentir, dijo la pura verdad:

—No sé, pues, ya se verá.

Terminaron viviendo, como era previsible, en el edificio de la avenida Pardo de Miraflores donde vivían los padres y hermanos de Pancho, en un departamento que don Ismael compró para su hijo, su nuera y sus tres nietos, pero que, precavido, puso a su nombre, porque ni loco le iba a regalar un departamento al zángano parásito bueno para nada (salvo para culear) de su hijo Pancho. Así fue como terminó la aventura campesina del loco y la gringa y sus tres hijos nacidos con partera en Huaral y comenzó una nueva vida en Miraflores, cerca del océano Pacífico, en el mismo edificio donde el loco había pasado los primeros años horribles de su vida horripilante. Nada bueno estaba por venir. Todo lo mejor había quedado allá, en Huaral, donde nacieron Panchito Chizito, Elizabeth y Soledad, y donde los ríos quedaron contaminados de la leche voladora del loco pajero de los árboles del valle.

En Lima, el loco se volvió considerablemente más displicente y malhumorado con su esposa y sus tres hijos. Por lo pronto se negó a trabajar como empleado en alguna oficina y Lucy se vio obligada a buscarse un trabajo como decoradora de la tienda Hogar (un trabajo que ella encontró humillante, pues a veces tenía que servir a algunas de sus amigas, que se sorprendían de encontrarla cumpliendo esa labor que les parecía indecorosa) para poder pagar la educación de sus tres hijos, a los que inscribió en un colegio religioso, cerca de su casa, y cuyas cuentas mensuales eran tan caras que su sueldo de decoradora de Hogar no le alcanzaba y tenía que pedirle plata a su suegro, don Ismael, quien, por supuesto, se la daba sin quejarse, pero mirándole las tetas con descaro, lo que provocaba que Lucy odiase al parásito de su marido, que se pasaba el día sin hacer nada, y que odiase de paso a sus padres, por haberse ido a Michigan dejándola sola en Lima con mil problemas que la ahogaban y abrumaban y no la dejaban respirar tranquila. Muy pronto Lucy comprendió que su matrimonio había sido un grave error y que tendría que haberse ido con sus padres y los tres chicos a Michigan, dejando al loco haragán de Pancho, pero no tuvo el coraje de hacerlo cuando lo pensó, todavía a tiempo de irse con sus padres, quienes la urgían por teléfono a que se volviera con ellos a los Estados Unidos, y tampoco tuvo el coraje de hacerlo en su nueva vida agitada y frustrada en el departamento de Miraflores.

Lo que más la humillaba no era que Pancho no ganase un centavo partido por la mitad ni que tuviera que vivir de la ayuda económica de su suegro (que la miraba con tanta lujuria que la ponía francamente incómoda), sino que su esposo, que antes, en la hacienda, andaba loco de arrecho por ella, ahora, en Lima, no se la montaba nunca y ni la miraba y se notaba que ya no tenía ganas de tirársela. Esto era algo humillante, insufrible para Lucy, porque ella sabía que seguía siendo una gringa bien despachada, ella sentía en la tienda Hogar las miradas descaradas de sus clientes lujuriosos, sentía en su propio hogar (prestado, porque el departamento estaba a nombre de don Ismael), que a su suegro se le salía la leche por los ojos cuando la miraba y le deslizaba la plata y la hacía sentirse una puta barata. Pero el único hombre que no parecía interesarse en tener sexo con ella era el sujeto vago, incomprensible y pasmado del que ella se había enamorado en la hacienda de Huaral.

El cojo y Mario eran amigos y se querían de verdad porque a los dos los unía la sensación de ser unos marginales indeseables en sus propias familias, pero el cojo secretamente envidiaba a Mario por la más obvia de las razones, porque Mario caminaba normalmente y podía correr y bailar y llamar la atención de las chicas más lindas, y lo envidiaba también porque, siendo Mario más tímido y delgado, inspiraba más confianza que él en las chicas del Villa, quizás precisamente por eso, porque no era un gorila peludo como el cojo, que siempre andaba sacando pecho y luciendo sus brazos rudos de camionero. Y las chicas del Villa, que eran las más lindas de Lima, eran todas muy religiosas y modositas, o eso fingían ser porque era lo que se veía bien en aquellos tiempos, y un machazo con bigote y cigarro en la boca y cojera pronunciada, que parecía veterano de guerra, les daba un poco de miedo, no así Mario Hidalgo, que tenía cara de angelito sufrido, de niño bueno y desamparado, de millonario aburrido que necesitaba un poco de cariño y atención porque sus padres, que tenían más dinero que los del cojo, se pasaban nueve meses del año fuera del Perú, dilapidando su inmensa fortuna proveniente del algodón y la caña de azúcar, y por eso cuando el cojo y Mario, hartos de irse de putas, se aventuraban a una fiesta de las chicas del Villa, era Mario el que más éxito tenía, o el que tenía éxito a secas, porque al cojo el éxito le resultaba esquivo, pues no había chica que quisiera bailar con él, no por feo, que no era feo, era guapo, fornido y bien plantado, sino porque cuando bailaba se le notaba la cojera y entonces hacía unos movimientos chuecos y ridículos que daban risa y las chicas preferían no salir a bailar con él porque sabían que terminarían aguantándose la risa, meándose de risa al ver al cojo bailando como si estuviera trepando una escalera imaginaria. El cojo era bruto pero no tanto y se daba cuenta de todo eso y se quedaba en una esquina echándose un whisky tras otro, sin agua, sin hielo, whisky puro, como los machos, y fumando un cigarro y otro más, y mirando con aire castigador a su amigo Mario haciendo refinadas piruetas en la pista de baile y rompiendo corazones. Porque las chicas morían por Mario, no solo porque era guapo y tímido y les inspiraba un sentimiento maternal, sino porque sabían que tenía toda la plata del mundo y a esa edad las chicas de quinto de media no pensaban en salir del colegio para entrar a la universidad, pensaban en salir del colegio para casarse bien casadas con un guapo millonario que las mantuviera toda la vida y se la metiera de vez en cuando, eso era menos importante. Bailaba Mario y el cojo miraba y no miraba con rencor, miraba con orgullo y admiración porque el cojo de verdad quería a su amigo Mario, lo quería porque era como él, un loco de mierda, un loco de mierda que nunca en su puta vida quería trabajar en una oficina ni tener un jefe ni mucho menos ser un jefe, un loco de mierda que adoraba las pistolas y revólveres y escopetas y rifles y toda clase de armas de fuego y cuchillos. Esa pasión por las armas, y el desprecio por el trabajo y el prestigio social, esa complicidad tácita, no hablada, entre dos muchachos abandonados por sus familias y de los que no se esperaba nada bueno ni malo tampoco, esa certeza de que Mario y el cojo eran dos palomillas que no llegarían a viejos porque se matarían a ciento ochenta en moto o jugando a los vaqueros disparándose en el campo agazapados entre las piedras o borrachos sometiéndose a la ruleta rusa o intoxicados de tanto tomar ron hasta quemarse el hígado, esa certeza de que morirían jóvenes porque no servían para nada era lo que los unía, el desprecio por la vida, por sus vidas, por las vidas de sus familias, a las que aborrecían y a las que a veces soñaban con matar a balazos, en un gigantesco baño de sangre en dos mansiones de San Isidro para luego dispararse a la vez, uno frente al otro, a la cuenta de tres, y salir al día siguiente en los periódicos y por fin ser alguien, hacer algo que los sacara de la mugrienta y confortable mediocridad de sus vidas de millonarios con putas y pistolas. No esperaba el cojo, viendo bailar a su buen amigo Mario, al único amigo que tendría en toda su vida, que de pronto se le acercase, salida de la nada, la chica de pelo negro y ojos almendrados y mirada angelical que había bajado corriendo del ómnibus del Villa para socorrerlo cuando se cayó de la moto y le preguntara sonriendo tímidamente si ya estaba mejor de su accidente. *Perfecto, ya estoy perfecto, como nuevo*, respondió el cojo, con un vozarrón de machazo, pero en el fondo cagándose de miedo porque no sabía cómo hablar ni mirar a la chica más linda que había visto nunca. No sabía siquiera cómo se llamaba y no tenía valor para preguntárselo, solo sabía, porque eso lo había averiguado el pendejo de Mario, que ya le había echado el ojo también, que vivía en una casona en Miraflores, en la calle La Paz, y que sus padres eran agricultores y habían tenido una hacienda en el norte, una hacienda de manzanas, naranjas, mandarinas y melocotones, aunque no tenían tanto dinero como los padres de Mario o los del cojo, que eran ricos de verdad, ricos de ir a Europa dos y tres veces al año a ver los grandes conciertos, ricos de comprar toda su ropa en la Quinta Avenida de Nueva York y andar en Lima en autos con chofer negro de guantes blancos. No sabía su nombre pero sabía que era una aparición divina, y que nunca nadie lo había mirado a él, el cojo con el culo roto, el cojo que ahora rompía culos, con esa ternura y esa bondad y ese aire de inocencia y candor que le parecían sobrenaturales, cinematográficos, y que lo dejaban mudo y aturdido, sin saber qué decir. Por suerte fue ella quien habló y le dijo: *Me llamo Dora pero me dicen Dorita, ¿te gustaría bailar conmigo?* Y en ese momento, el cojo se enamoró de Dorita para toda la vida, no solo porque nunca nadie lo había sacado a bailar, ni siquiera las más gordas o las feas que se quedaban planchando a la espera de que algún buen samaritano se apiadase de ellas y les moviera el esqueleto, sino especialmente porque, cuando ya estaba bailando con Dorita, el cojo notó que ella estaba feliz y lo miraba con simpatía y cariño, un cariño con el que nunca nadie lo había mirado, y advirtió también que Dorita no se fijó en su cojera, en su manera torpe y desigual de bailar, y que no se rió de él ni sofocó las risitas ahogadas de las chicas que se reían de él cuando, ya muy borracho, las sacaba a bailar, y ellas aceptaban solo para cagarse de risa del cojo cumbiambero, que bailaba una canción imaginaria que no estaban tocando, porque alguien le había robado ocho centímetros de su pierna derecha, *pobre cojito, qué feo baila el cojito, parece que estuviera marchando, parece que estuviera aguantándose la caca, parece que estuviera haciendo el hula-hula*. Pero Dorita no miraba sus piernas ni sus pies, solo lo miraba a los ojos y le sonreía con una inocencia y una bondad que él no había encontrado nunca en otra criatura humana, y lógicamente el cojo, que no era bueno con las palabras, se quedó callado y bailó peor que nunca, pero se enamoró mal, mal, hasta los huesos, esa noche bailando con Dorita, se enamoró como nunca se había enamorado, ni siquiera en las películas mirando a las divas de entonces, ni siquiera fantaseando con las chicas pitucas que se morían por Mario, ni siquiera como se había sentido levemente turbado de amor por una puta menor de edad que no quiso cobrarle porque le dijo que si era cojo no debía pagarle, y eso le tocó el corazón y se la cogió de nuevo ya que la cosa salía gratis, porque el cojo era sentimental y borrachín, pero sobre todo era un arrecho de tres pares de cojones que todo el día pensaba en tres cosas y solo tres cosas: en subirse a su moto y andar a ciento ochenta por la carretera al sur buscando la muerte sin casco, en disparar sus pistolas en los descampados de Cieneguilla con el loco de Mario y en mojar la pinga todo lo que pudiera, en romper todos los culos de mujer, pagando o sin pagar, por las buenas o por las malas, que se le diera en gana, que si bien tenía una pierna algo más corta que la otra, los centímetros que le faltaban en esa pierna los compensaba sobradamente en la pingaza que se manejaba, veintidós centímetros medidos por el propio Mario, que a duras penas llegaba a quince, y eso regalándole un centímetro. Por eso Mario le decía que Dios tenía su ley de las compensaciones, y que lo que te quitaba por un lado te lo devolvía por otro, pero el cojo, aunque orgulloso de su tremenda pinga circuncidada que se le ponía dura de solo mirarle el culo a una buena hembrita, hubiera preferido tener la pinga chica de Mario en lugar de ser cojo, caminar normal, bailar bonito y que las pitucas del Villa no se rieran de él. Pero ahora Dorita, que no era pituca, pero que era de familia bien y que era más linda que cualquiera de las pitucas idiotas, estaba bailando con él, y no con Mario, y el cojo se aprovechó de que pusieron un lento y la tomó de la cintura y la empujó no tan suavemente hacia él y de pronto Dorita, que era una chica de apenas dieciséis años, de misa todos los domingos y virgen purita y dispuesta a seguir siéndolo hasta el matrimonio, de pronto Dorita sintió una protuberancia, una cosa abultada y amenazante, una boa constrictora que le presionaba la panza y le daba pánico, más todavía porque cuando miró al cojo a los ojos vio que los tenía cerrados, como en éxtasis, moviéndole la culebraza, y ella, que era muy pía, la primera de su clase, la que nunca en toda su vida escolar había faltado a un solo día de clases, la que mejores notas sacaba en religión, dedujo rápidamente que esos frotamientos a la altura de la entrepierna debían de estar reñidos con los sagrados preceptos de la santa iglesia, y que si quería llegar virgen al matrimonio debía alejarse rapidito de la culebra del cojo, que parecía querer perforarle las vísceras. Así que Dorita le dijo *perdón, Bobby, pero tengo que ir al baño*, y se fue rapidito y él se quedó de una pieza y al palo, y Mario se dio cuenta de la escena y notó que Dorita se había asustado de la calentura de la bestia de su amigo, que no sabía tratar con la debida delicadeza a las chicas suaves y religiosas como ella, y por supuesto Dorita no regresó donde el cojo ni a la pista de baile, porque, luego de echarse agua en la cara, salió deprisa, subió el carro donde la esperaba su chofer y le pidió que la llevara a la Virgen de Fátima para rezar allí mismo, dentro del carro, un rosario enterito para pedirle perdón a la Virgen por haber sentido la culebra viva del cojo reptando en su entrepierna y, lo que era peor, por haber sentido un cosquilleo placentero que la hacía sentirse inmunda, cochina, asquerosa, pecadora, indigna de subir al cielo cuando le llegase el gran día del juicio final, día para el que, aun siendo joven, debía estar preparada, con el alma bien limpia y purificada. Esa noche, el cojo se enamoró de Dorita mortalmente, sin cura ni remedio, y Dorita se asustó del cojo mortalmente, sin cura ni remedio, y, lo que era peor, Mario, al ver que Dorita se iba corriendo asustada del loco de su amigo, se propuso salir con ella, porque él había sido un caballero y le había dado al cojo la primera opción con Dorita, pero si ella no quería con el cojo, piña, mala suerte, ahora era su turno y él no la cagaría como la bestia del cojo, él no le pondría la culebraza viva en el ombligo, entre otras cosas porque Mario era todo un caballero refinado y porque la suya era una culebrilla incapaz de asustar a nadie.

Nadie supo nunca por qué Pancho dejó de tirarse a Lucy cuando se mudaron a Lima, pero ella lo atribuyó a las "malas juntas" de su marido, a los amigos bohemios que hizo en el barrio, un músico frustrado que tocaba en bares de Barranco y un pintor frustrado que se pasaba el día caminando por el malecón y tomando fotos a las personas que le parecían potencialmente suicidas (algunas de las cuales terminaban arrojándose al abismo). Estos dos amigos, Pedrito, el músico, y Javicho, el fotógrafo, tampoco trabajaban de un modo convencional y también vivían de la plata de sus padres, que se habían resignado al hecho de que les habían salido hijos haraganes, bohemios y además fumones, marihuaneros. Porque Pedrito y Javicho, que vivían a pocas calles del loco, eran grandes consumidores de cannabis, fumaban porros todo el día, desde que despertaban hasta que se dormían a cualquier hora incierta, y como era previsible fueron ellos quienes iniciaron al loco en el vicio de la marihuana.

Cuando Pancho fumó marihuana por primera vez, sintió que por fin se había encontrado a sí mismo y que esa hierba era la solución a todos sus males. Fumado, volado, los ojos rojizos y achinados, se sentía tranquilo y contento de ser loco, se sentía a gusto en su cuerpo peludo y en su nariz de hacha, se quedaba relajado, sedado, capturando detalles que antes se le escapaban, oyendo a su amigo Pedrito tocar la guitarra y cantarle canciones rockeras, mirando las fotos de Javicho, y a veces se ponía a dibujar y siempre se quedaba callado, no hablaba cuando fumaba, sentía que las palabras eran un estorbo, eran inútiles, que la gente que más hablaba solía ser la más idiota y la que menos cosas interesantes tenía que decir, así que el loco se volvió de pronto no ya el tartamudo libidinoso que solía ser, sino un loco taciturno, mudo, risueño, observador, dibujante y completamente indiferente a su esposa y sus hijos, que le rompían las pelotas y a quienes ignoraba con olímpico desdén, no por falta de amor sino porque todo le chupaba un huevo.

Sus amigos le decían que era bueno dibujando a lápiz y no exageraban, el loco tenía un talento natural para reproducir al carbón, en cartulinas, los rostros de las personas que conocía, unas caras que le salían siempre tristes, melancólicas, derrotadas, con una sombra de amargura o de rabia, porque incluso los dibujos que hacía de sus hijos no eran los de unos niños felices, eran los de unos niños que parecían abrumados o avergonzados de tener un padre que, además de loco, tartamudo y pingaloca, se había vuelto el marihuanero más insigne de Miraflores y todo el malecón, y uno de esos marihuaneros que no se esconden para fumar y que no tienen empacho en prender un porro caminando al lado de un policía o una vieja mojigata.

Por supuesto, Lucy no era tonta y se dio cuenta de que su esposo, que ya no la tocaba ni por accidente y al que la pinga se le había dormido en estado comatoso, tenía un nuevo amor: la marihuana con la que lo habían enviciado los pendejos de sus amigos fumones.

Digna hija de su madre, que no se andaba con hipocresías ni medias tintas, Lucy regresó un día fatigada de la tienda Hogar, humillada de trabajar como decoradora para sus amigas ricachonas, y encontró a Pancho tirado en la cama, mirando el techo, en medio de un olor vicioso y hediondo a flatulencias, y sin más rodeos le dijo a ese parásito que le había hecho tres hijos y que ahora vivía volado, callado e inapetente para las cosas del sexo, que ella ya no aguantaba más, que si él no dejaba la hierba y conseguía un trabajo y la ayudaba económicamente, entonces el matrimonio se iría derechito a la mierda y ella, como le rogaban sus padres, se iría con los chicos a Michigan, divorciada y dispuesta a rehacer su vida. Pancho la miró con indiferencia, como anestesiado, se rascó las pelotas y dijo, seseando:

—Puedes rehacer lo que te dé la chucha gana, puedes irte adonde te dé la chucha gana, pero a mí déjame tranquilo, gringa, que yo no he nacido para trabajar, yo soy un artista.

Lucy quiso agarrarlo a cachetadas, se puso roja de la rabia y le dijo: *Tú no eres un artista, tú eres un vago y un marihuanero y un bueno para nada, ya ni siquiera eres bueno en la cama, nunca me tocas, nunca me haces el amor, yo no aguanto esta vida miserable contigo, Pancho, yo he nacido para ser feliz como mis papás y mis hermanas y tú eres una cucaracha infecta, quiero el divorcio.* Pancho tosió, buscó la flema, escupió una secreción verdosa en la alfombra, miró a su esposa como si fuese un alacrán y le dijo sin inmutarse:

—Estás loquita porque te falta pinga, gringa.

Eso ya fue demasiado para Lucy. Salió llorando del cuarto de su esposo y subió las escaleras y tocó el timbre y confrontó a su suegro, don Ismael. Le dijo que no aguantaba más al marihuanero inútil de su esposo, que quería el divorcio y volver a Michigan. Don Ismael se relamió mirándole las tetas erguidas que se asomaban por el escote y pensó, como buen empresario, que todo tenía un costo y un beneficio y que en este caso el beneficio de tener cerca a esa gringa estupenda a la que algún día le iba a meter la pinga por esos labios pulposos era altamente superior al costo económico de bajarle toda la plata que fuera necesaria para evitar que partiera despechada a Michigan con sus tres críos mocosos. Cabeza fría, don Ismael le prometió a Lucy que le daría una importante suma de dinero todos los meses para que ella no tuviera que trabajar y le prometió que esa misma tarde irían juntos al banco a abrir una cuenta a nombre de Lucy y exclusivamente de Lucy, en la que don Ismael depositaría un dinero importante, adelantándole medio año del generoso monto mensual que le había prometido. Eso mismo hicieron aquella tarde, caminaron juntos a un banco cercano, abrieron una libreta de ahorros y don Ismael depositó a nombre de Lucy más plata de la que ella había tenido nunca, y entonces Lucy se sintió más tranquila y pudo por fin renunciar a la odiosa servidumbre de ser una vil empleada de la tienda Hogar y vio con afecto y gratitud a su suegro, tan generoso para socorrerla en ese trance desgraciado y para rogarle, dándole toda la plata que fuese necesaria, que no se fuese con los chicos a Michigan, que se quedase en el departamento de abajo con los chicos y Pancho, y que si Pancho le resultaba una molestia, que lo echase, que lo mandase a dormir al parque. Lo que Lucy no sabía (y pronto habría de enterarse) era que don Ismael no era desinteresado en sus contribuciones económicas y que a cambio de darle tanto dinero lo que quería era montársela, pero esto era algo que don Ismael veía todavía lejano, dada su edad y la relación familiar que tenían, así que se propuso, como primer paso para seducir a Lucy, hacerle la guerra al crápula de su hijo y conseguir que se largase del edificio. Como don Ismael le dio plazo de un mes para conseguirse un trabajo bajo amenaza de echarlo si seguía vagando y fumando hierba, y como Lucy lo trataba pésimo y lo insultaba y lo mandaba a dormir al sofá de la sala, y como sus tres hijos le rompían las pelotas llorando y gritando y peleándose y destrozando cosas y pidiéndole plata que él no tenía (porque Pancho nunca tenía un billete en el bolsillo, y si lo tenía era porque se lo había robado a su padre o a su madre y poco le duraba), como su vida en ese departamento que ni siquiera era suyo le resultaba insoportable, Pancho tomó la decisión de irse a vivir a la casa en Barranco de su amigo Pedrito, el rockero, que lo alojó sin dudarlo en el cuarto de huéspedes. Allí pasaba todo el día encerrado, dibujando, pintando las paredes, fumando un porro tras otro, escuchando las canciones de su amigo, el gran Pedrito, encapsulado en esa burbuja plácida y despreocupada en la que quería vivir lo que le quedase de vida. No extrañaba a la gringa Lucy ni a sus tres hijos chillones ni mucho menos a los hijos de puta de sus padres, a los que odiaba. No extrañaba a nadie, él había nacido para vivir solo y en silencio, balbuceando muy ocasionalmente una palabra entrecortada, al parecer indiferente por completo para las cosas del sexo, que antes eran las que gobernaban y presidían su vida y ahora le importaban la mitad de un carajo. Tal vez era la marihuana, o tal vez era que había culeado tanto que ya había cumplido su dosis de culeo, pero lo cierto era que Pancho no pensaba más en tetas, culos y vaginas y no se sobaba la pinga a no ser para matar a las ladillas que le provocaban escozor en la entrepierna y que habían vivido largo tiempo con él, desde las épocas campesinas en Huaral, y a las que Pancho se negaba a exterminar, porque se consideraba un pacifista respetuoso de toda forma de vida, incluyendo a las ladillas que le aguijoneaban los huevos. Buen tipo era Pancho, feo, bruto, peludo, holgazán, pero buen tipo, solo que no había nacido para este mundo, no le interesaba trabajar, ganar dinero, tener éxito, no le interesaba tener una esposa y ser un padre ejemplar, todo le chupaba un huevo y lo único que le interesaba a esas alturas era fumar marihuana y dibujar caras sombrías y ver la puesta del sol en el malecón de Barranco. Lucy pensó que Pancho volvería arrepentido y que le rogaría una nueva oportunidad para seguir con ella, pero se equivocó feo. El que no se equivocó fue don Ismael, que cal-

culó bien que el zángano peludo de su hijo no volvería
más al edificio de Pardo. Como Lucy seguía inquieta y
quejumbrosa y cada tanto lo amenazaba con irse a Michigan con sus hijos, y como nada en la vida le hacía
tanto bien como mirarle las tetas y fantasear con hacerse un buen pajazo ruso entre esos pechos gloriosos,
don Ismael tuvo que bajarle más y más plata a su nuera,
que de pronto descubrió que tenía un poder ilimitado
sobre la billetera de su suegro y que con solo ponerse
ropa apretada, jeans bien al cuete que marcaran su culo
apetitoso, sostenes que levantasen sus ricas tetas nece-
sitadas de chupeteo humano, con solo coquetearle un
poco al viejo mañoso y sonreírle y caminar moviéndole
el culo y sabiendo que don Ismael tenía los ojos resba-
lándole por esas nalgas que el huevas tristes de Pancho
había abandonado, Lucy podía sacarle al viejo verde
toda la plata que le diera la gana, más plata incluso de
la que le sacaba con creciente esfuerzo doña Catalina,
que, a los ojos de don Ismael, era una papa seca y arru-
gada que ya no le provocaba ni la más tibia erección. Lo
que Lucy no sospechaba era que nada resultaba gratis
y que la ilimitada generosidad de su suegro en las cosas del dinero era solo una calculada inversión que él
hacía con la certeza de que algún día, un día no muy
lejano, le rendiría muy jugosos dividendos, el juguito de
esa gringa culona que el imbécil de su hijo Pancho ya
no quería chupetear y saborear y que él se encargaría de
hacer aflorar, porque don Ismael tenía cincuenta y tantos años, pero seguía tan caliente y pujante como en sus
años mozos y hacía mucho tiempo que una hembra no
lo hacía sentir tan vigoroso, lozano, saludable y pujante
como ese caramelito norteamericano que el tarado de
su hijo ya no quería seguir chupando, y que él, baján-

dole plata sin quejarse, abonando puntualmente cuando había que mojarse, terminaría metiendo en su boca, tarde o temprano.

Todo salió más o menos como don Ismael lo tenía planeado, solo que la fortuna le jugó una mala pasada. Una tarde, mientras doña Catalina rezaba el rosario con sus amigas del club de oración en la iglesia de la Virgen de Fátima, don Ismael bajó al departamento donde vivían Lucy y sus tres cachorros abandonados a su suerte, y encontró a Lucy en camiseta ajustada y pantalones cortos viendo la televisión, liberada por un momento de sus hijos, que habían salido al parque con la empleada, y fue entonces cuando, midiendo bien los riesgos, y acezando ante los pechos primorosos de la gringa despechada y en cuarentena, don Ismael decidió atacar a su presa, ofreciéndole un masaje en la espalda *para que te relajes bien rico, Lucy.* La gringa, que no quería perder su fuente de financiamiento, ese banco dadivoso que era su suegro mirón, aceptó encantada sin saber lo que se le venía. Se tendió boca abajo y de pronto sintió las manos de su suegro hundiéndose en su espalda, subiendo, bajando, deslizándose como pejesapos o renacuajos de estanque, y ahora esas manos resbalosas se metían debajo de su camiseta y rozaban su piel blanquecina y pecosa y le arrancaban ahogados suspiros de placer, mientras el viejo sátiro de don Ismael veía cómo le crecía un volcán entre las piernas y sentía que, ahora sí, la gringa pendeja sería suya por fin. *Cierra los ojos, Lucy, relájate, yo siempre te voy a proteger, yo soy tu ángel de la guarda,* dijo, felón, trapacero, pérfido, babeando de arrechura, el pendejo de don Ismael, mientras seguía sobando la espalda de la gringa con el pretexto de darle unos masajes que en realidad eran una fricción erótica que ni uno ni otro podían ignorar. Como una cosa lleva a la otra, y como Lucy se sentía despechada y abandonada por el vago de su esposo, y como le estaba agradecida a don Ismael por darle abundante dinero y permitirle llevar una vida desahogada, de pronto descubrió que las manos de su suegro estaban pellizcando sus pezones y decidió no interrumpirle sus licencias de viejo verde, y luego él le pidió que se diese vuelta, y cuando Lucy se volteó, descubrió que don Ismael se había sacado la verga enhiesta y le dijo con una sonrisa amiga: *Hazme el favor de darme una chupadita, Lucy linda.* La gringa no le hizo ascos, era una gringa y sabía sus obligaciones de ama de casa. Una pinga era una pinga y ella necesitaba sentir una pinga en su boca hacía tiempo, y no le importó que fuese la de su suegro, que, como la de Pancho, era de proporciones importantes y no merecía que le hicieran un desaire. En ese trance se hallaba Lucy, mamándosela parejo y con esmero a don Ismael y asegurándose así un buen pasar, cuando apareció de pronto Pancho, que después de dos semanas de irse del departamento tuvo la ocurrencia de ir a visitar a su esposa, no porque la echara de menos, sino porque quería pedirle plata para comprar marihuana. Pancho entró al cuarto, vio a Lucy con la boca inflada por la pinga de don Ismael y no pudo decir una palabra, se quedó tieso, colorado, humillado, odiando a su padre y a su esposa, odiando la vida miserable que le había tocado. Lucy atinó a retirar su boca de la verga de su suegro, pero ya era tarde: Pancho se había vuelto loco de nuevo, o se había acordado de que su destino era el de ser un loco de cuidado, y se fue encima de su padre, lo cagó a trompadas, le rompió la nariz, lo tiro al suelo, y luego se sacó la pinga, se hizo una paja furiosa y le tiró la leche en la cara a Lucy. Esa fue su venganza: romperle la nariz a don Ismael y acabarle en la cara a Lucy, dejarle la cara untada de su leche viscosa y ahuevada por tantos porros, y luego se largó corriendo de allí y no paró de correr como un atleta hasta que llegó a casa de su amigo Pedrito, el rockero, y, sin contarle la humillación que acababa de padecer, porque eso no se lo contó nunca a nadie, le dijo que tenía un plan y que necesitaba de su ayuda para ejecutarlo.

El cojo y su padre tuvieron dos peleas memorables y fue inevitable que ambas terminasen a golpes, es decir, con don Bobby en el suelo y el ojo morado, porque el cojo trompeando era de cuidado y don Bobby era un alfeñique con sus ropas de dandy, incapaz de matar una mosca. De ambas peleas fue culpable, por estricto e intransigente en las reglas de aislamiento que había impuesto a su hijo, el propio don Bobby, que no tuvo la humildad o la sabiduría de aceptar que la vida no podía ser perfecta y que a veces te podía tocar un hijo cojo y medio bruto y tenías que quererlo como a tus demás hijos, que no eran cojos y eran guapos y muy listos y lo llenaban de orgullo. Pero don Bobby, no siendo una mala persona, no podía querer al cojo, simplemente no podía quererlo, había algo en ese cojo borracho, vago y pistolero que le parecía repugnante, vicioso, indigno de él, y por eso a veces se enojaba con Dios y le decía rezando en silencio: *¿Qué te he hecho yo, Dios mío, para que me mandes a este bicho raro, que no parece mi hijo, que es un bueno para nada, que es el haz-*

merreír de todas las familias bien de Lima, que le dicen el
orangután, el gorila, el chimpancé, el rey de la cumbia?,
¿por qué me tenías que mandar este castigo, si yo siempre
he sido bueno contigo y te he dado buenas limosnas todos
los domingos y le he dado tremendas donaciones al padre
Griffin para que ayude a los niños pobres y con el sobrante
se vaya de viaje a Nueva York el muy pendejo?, ¿por qué
mierda mi hijo mayor tenía que salirme cojo, peludo, pe-
lotudo e inútil de los cojones? Por eso don Bobby vivía
furioso con su hijo el cojo, porque le recordaba que la
vida era injusta y que Dios le había hecho pagar un
peaje oneroso que él no merecía y porque, ya teniendo
un cojo cojudo en la familia, y teniéndolo de regreso
del internado, ¿cómo carajo hacía ahora para deshacer-
se de él? Ese fue el origen de la primera pelea: don Bobby pensó que tenía que conseguirle un trabajo al cojo,
no para que hiciera carrera y destacase profesionalmen-
te, él sabía que el cojo era un animal y eso era imposible, sino para que, en una oficina grande, llena de secretarias hacendosas, el cojo, que bien arrecho era y en
eso había salido a don Bobby, que culeaba en posición
misionero todas las noches menos los domingos, pudiera enamorarse de una chica y con suerte casarse y
entonces don Bobby les regalaría un departamento o
una casa alejada en el campo y lo borraría de su vida,
lo sacaría de su casa, de la casita al fondo del jardín que
era una pocilga, llena de botellas de alcohol, de afiches
de mujeres semidesnudas, de colillas de cigarrillos, de
pistolas y municiones, de zapatos de taco alto y taco
bajo, una covacha sórdida y maloliente de la que don
Bobby quería echar cuanto antes a su hijo, el cojo maldito de los cojones. No había cura para el cojo, la cura
sería conseguirle novia, casarlo y mandarlo al carajo.

Por eso don Bobby le consiguió trabajo en la aerolínea Braniff, cuyo gerente general era íntimo amigo suyo y en la que viajaba regularmente en primera clase. Como un favor a su amigo Bobby, el gerente contrató al cojo como subgerente de ventas, un cargo que se inventó y cuyas obligaciones eran tan vagas e inciertas como el horario, porque el cojo solo puso una condición para aceptar el trabajo: *Páguenme lo que quieran, pero yo vengo a la hora que me da la gana y me voy a la hora que me da la gana. Está bien, Bobby, no tendrás horario, tendrás tu libertad, pero eso sí te pido que vengas a trabajar con saco y corbata*, le dijo el gerente de Braniff, y el cojo, al ver que había un montón de secretarias con buenos culos y buenas tetas, se resignó a usar corbata y de hecho sorprendió al gerente llegando todas las mañanas bien temprano y demostrando un gran interés en invitar a almorzar a los restaurantes cercanos a las secretarias que le parecían más llamativas o encantadoras. Casi todas aceptaron, comieron (y comieron en abundancia), pero cuando el cojo les propuso salir el fin de semana, se inventaron una excusa y lo dejaron caliente y tirando cintura, con lo cual el cojo no volvió a hablarles más ni a invitarlas a un restaurante elegante, ni siquiera a la cafetería de Braniff. Pero una de ellas, una morenita alta y tetona, que jugaba vóley los fines de semana, le aceptó la invitación luego de empujarse un churrasco a lo pobre con huevo frito y le dijo que si él iba a verla jugar vóley el sábado a mediodía, después podían salir al cine y tomar un helado. El cojo no lo dudó y aceptó encantado, no porque le gustase el vóley, sino porque le arrechaba la idea de ver a Marita, la secretaria tetona y morena, en malla, con el culo bien marcado, sacando, saltando y haciendo mates en la *net*.

Así que el cojo y Marita se hicieron amigos de ir al vóley y luego, Marita recién bañadita, de ir a comer al Crem Rica y a la matiné del cine El Pacífico, todo eso en la moto espectacular del cojo, que nunca se ponía casco, *los cascos son para los maricones*, decía él, y que andaba rapidísimo por las calles de Lima, esquivando autos, peatones, vendedores ambulantes y policías, como si fuera el dueño de la ciudad, que en cierto modo lo era, era el hijo de don Bobby, el hijo del presidente del Banco del Progreso, el banco más poderoso de la ciudad, y aunque fuese cojo la gente sabía que era el hijo de don Bobby y por eso (y por su musculatura bestial) el cojo imponía un cierto respeto. Toda iba bien con Marita hasta que una noche, después del cine y comer helados, la llevó al malecón y le dio un beso y le tocó las tetas. *Ahí sí que no me tocas, mañoso*, le dijo Marita, muy seria. *No te hagas la estrecha, morena, que bien que te gusta*, le dijo el cojo, y la besó con cierta prepotencia, mientras sus manos se deslizaban dentro del sostén. *Déjame, carajo*, protestó Marita, y el cojo se detuvo y no siguió porque había cerca otra gente besuqueándose y no quería escándalos. Pero planeó bien su venganza. Y la ejecutó como la bestia que era: el lunes en la oficina, esperó a que Marita fuese al baño, echó un vistazo para asegurarse de que nadie más estuviera en el baño de mujeres, entró, cerró con llave, vio la cara de pánico de Marita, lo que lo arrechó más todavía, la puso de espaldas sobre el lavatorio, le levantó el vestido, le bajó el calzón y, sin que Marita opusiera ninguna resistencia y hasta jadeara un poquito, lo que hizo inmensamente feliz al cojo, se la metió bien metida, le hundió la culebra de veintidós centímetros primero por la chucha, que, aunque se hacía la asustada, bien que poco a poco se le fue poniendo mojadita a la morena esta y luego, antes de terminar, la sacó, le echó un salivazo en la punta colorada y le rompió el culo invicto a Marita, que dio tal alarido de dolor que las otras chicas se dieron cuenta de que algo malo estaba ocurriendo en el baño, y fue así como vieron salir al cojo subiéndose la bragueta y con la mirada torcida y encontraron a Marita lloriqueando sentada en el baño con el culo roto. El gerente de Braniff no tuvo más remedio que llamar a su amigo Bobby y contarle lo que había pasado y decirle que el cojo no podía seguir trabajando en Braniff y que él había convencido a la señorita Marita de que no enjuiciara al cojo por violación contranatura, esas fueron las palabras que usó el gerente, *violación contranatura en el lavabo, Bobby. La puta madre que lo parió a mi hijo contranatura*, pensó don Bobby, y esa noche lo esperó con un fuete para darle veinte nalgadas y demostrarle quién mandaba en esa casa. Cuando el cojo llegó, don Bobby ya estaba borracho y no perdió el tiempo: lo llevó a la biblioteca, cerró la puerta y le dijo, agitando el fuete para montar a caballo: *Bájate los pantalones, mongolito de mierda*. El cojo lo miró asustado porque nunca nadie le había dicho eso desde que lo violaron cuando era un niño en el barco rumbo a Londres. *Bájate los pantalones, cojo contranatura*, le dijo don Bobby, lleno de rabia y desprecio por ese hijo equivocado que su mujer había parido y al que le dejaría las huellas de veinte latigazos en el culo por violar a Marita, la morena voleibolista, en el baño de Braniff. El cojo, más incrédulo que asustado, solo atinó a preguntarle a su padre: *¿Me vas a romper el culo?* Don Bobby le respondió: *Sí, te lo voy a romper a latigazos, pedazo de mierda*. En ese momento, el cojo vio las caras babosas y borrachas de todos los marineros que lo habían violado en el barco y enloqueció y vio a todos ellos, esas bestias salvajes, inhumanas, capaces de sodomizar a un niño, agolpadas en el rostro de su padre, y por eso no tuvo compasión en darle tres golpes feroces en la cara, que dejaron a don Bobby tumbado, inconsciente y sangrando de una oreja. *A mí nadie me rompe el culo, viejo de mierda*, le dijo el cojo, y salió cojeando y se subió a su moto con dos pistolas en el cinto y fue a buscar a Mario para irse a disparar de noche en algún descampado de Cieneguilla.

La otra pelea física que protagonizaron el cojo y su padre fue más escandalosa y de ella hubo numerosos testigos porque ocurrió en medio de una fiesta por el cumpleaños de doña Vivian, en los jardines de la mansión de don Bobby, entre decenas de invitados. El cojo sabía que, a diferencia de sus hermanos, él no podía participar de aquella fiesta y tenía que quedarse encerrado en la casita al fondo del jardín, ese lugar oscuro al que nadie osaba acercarse, o si quería podía largarse en moto adonde le diera la gana, y generalmente le daba la gana de manejar a ciento ochenta kilómetros por hora, sin casco, en la autopista al sur, hasta llegar al kilómetro cien, y luego paraba, se tomaba unas cervezas, meaba en la llanta de la moto, como los perros, y regresaba haciendo correr la moto todo lo que el motor le permitiese y arriesgando la vida en maniobras temerarias, si, total, su vida no valía un carajo. Don Bobby alentaba que su hijo saliera en moto y manejara sin casco y corriera como un demente, tal vez porque secretamente deseaba que el cojo terminara muerto y despanzurrado en alguna autopista y así se sacaba un problema de encima, un problema que con los años crecía y se hacía más irritante y fastidioso, porque el chisme de la violación en Braniff no tardó en esparcirse por la ciudad y tampoco el chisme de que el cojo y su amigo Mario jugaban a los indios y vaqueros, con pistolas, pero con pistolas de verdad, como en las películas, solo que Mario hacía de indio y el cojo de vaquero y no disparaban a otros enemigos imaginarios sino se disparaban entre ellos mismos, no queriendo matarse, claro está, pero apuntando bien cerca del otro, para que sintiera el chispazo de la bala rebotando en la piedra o el silbido de la bala raspándole la cabeza. Por eso don Bobby estaba harto de su hijo y lo que más quería era que se sacara la mierda en moto o que Mario apuntase mal y le volase los sesos para acabar accidental y afortunadamente con esa vida que tantas vergüenzas sociales le había provocado a él, un dandy, un señor de señores, un hombre refinado y culto que lo tenía todo bajo control, todo menos a la bestia de su hijo. Esa noche, el cojo sabía que no estaba invitado, porque nunca estaba invitado. Cuando había fiestas recibía órdenes estrictas de no salir de su cueva y por eso don Bobby mandaba a Jaime, el mayordomo, a vigilar al cojo y a llevarle todos los tragos y la comida que el cojo pidiera, para tenerlo tranquilo y en cautiverio. Pero esa noche fue distinta y el cojo no pudo quedarse en su refugio de minusválido apestado, limpiando y engrasando sus pistolas, chupando, fumando, tirándose pedos, haciéndose pajas pensando en el culo que le rompió bien roto a la morena Marita, que bien que le gustó, porque, aunque lloró después, en ese momento él la oyó jadear, y eso nunca lo olvidaría, el orgullo de sentir que Marita, la voleibolista culona, había gozado cuando él le enterró sin vaselina su boa constrictora. En esas cavilaciones andaba el cojo, borracho, arrecho y aburrido como de costumbre, porque no leía ni los periódicos y no le interesaba ir al cine ni la política ni un carajo de nada, cuando de repente se asomó a la ventana y vio a Dorita, la chica angelical que lo socorrió, la Liz Taylor virgencita que se asustó con su culebrón. *Ni cagando me quedo encerrado con Dorita aquí en la fiesta*, pensó el cojo, y de inmediato se puso un terno, una corbata y sus zapatos bien lustrados, uno de taco alto, el otro más bajito, y se peinó con gomina, se alisó el bigote, se miró rudo al espejo y pensó: *Esta es tu noche, rechucha, hoy la conquistas a Dorita, hoy la enamoras, esa mujer ha nacido para ser tuya, tu mujer, la madre de tus hijos, y por eso no dudó en salir corriendo del ómnibus a ayudarte cuando te sacaste la grampura por huevón y no apretar el freno de la moto. Esta es tu noche, Bobby. Hoy la haces.* Eso pensaba, ganador, cuando salió de su covacha, empujó a Jaime, el mayordomo, que trató de impedir que el cojo se acercara a la fiesta, y caminó resueltamente hacia Dorita, que conversaba con unas señoras amigas de su mamá. Don Bobby, desde lejos, vio con indignación cómo el cojo cojeaba en medio de su fiesta impecable, jodiéndole la fiesta, jodiéndole la vida, y vio las caras de burla y reprimido desdén entre sus amigos y amigas, que sabían que el cojo era un violador, un sátiro y un asesino en potencia, y que era la vergüenza de don Bobby y doña Vivian, tan perfectos los dos que no merecían un esperpento así, y vio con asombro que el cojo se plantó frente a esa niña tan guapa, de una belleza translúcida, con una cara de santa y de estrella de cine, lo que parecía una contradicción pero en su caso era un milagro y resultaba posible, y entonces don Bobby se acercó a toda prisa para contener los daños que con seguridad provocaría el animal de su hijo, irrumpiendo de ese modo tosco en la fiesta. No se anduvo con rodeos el cojo. Se paró frente a Dorita, la miró con su mirada más viril y le dijo: *Eres la chica más linda de esta fiesta de mierda.* Las señoras se rieron por el vocabulario procaz del cojo, pero Dorita no se rió, se sintió halagada y le dijo *gracias, Bobbycito,* y a él le encantó que ella lo llamase así, *Bobbycito,* y por eso se animó a decirle *¿quieres bailar conmigo?,* y cuando Dorita estaba a punto de decirle que *sí, por supuesto, pero mejor no tan apretaditos como la otra vez,* porque estaban sus padres en la fiesta, cuando Dorita estaba pensando decirle esas cosas rumbo a la pista de baile, don Bobby apareció con el ceño fruncido, más feo que nunca, con una cara de diablo envenenado por la rabia y la maldad, y le dijo a su hijo: *¿Se puede saber qué carajo haces acá?* El cojo no se arredró y respondió, levantando la voz: *Estoy sacando a bailar a mi amiga Dorita.* Entonces don Bobby habló como si su lengua fuera una navaja filuda: *Las chicas como Dorita no bailan con cojos estúpidos como tú.* Dorita se puso pálida y no pudo creer la maldad que acababa de decirle don Bobby a su hijo y en ese momento quiso abrazar al cojito y decirle que ella bailaría siempre con él y que lo cuidaría y le daría mucho cariño y ternura y le prepararía comidas ricas, siempre que el cojito no le empujase tanto la culebra viva, pero no tuvo tiempo de decirle nada de eso porque el cojo, que no era bueno con las palabras, entendió que la mejor respuesta eran sus puños, y le aventó a su padre tal andanada de golpes que le rompió los anteojos, le partió la cara, lo dejó tumbado en el suelo inconsciente y luego lo cargó y lo aventó a la piscina iluminada para que muriera ahogado. Pero no se murió ahogado porque

Jaime, el mayordomo, se arrojó al agua a rescatar a su malherido patrón, mientras el cojo iba en busca de sus pistolas y su moto para largarse a disparar con Mario, y Dorita se quedaba tiesa, muda, incrédula, aterrada de la escena que acababa de atestiguar, la maldad del padre y la maldad del hijo, tanta maldad junta, tanto odio que ella jamás había visto en su hogar cristiano donde sus papis se querían y nunca le alzaban la mano a nadie. Dorita sintió una pena muy grande por el cojo, tuvo ganas de ser su amiga y acompañarlo y ayudarlo, pero también le dio pánico acercarse de nuevo a él, porque comprendió que era un hombre poseído por el odio más brutal y que así como era capaz de matar a golpes a su padre, podía ser capaz algún día de matarla a golpes a ella. *No te conviene el cojito*, le dijo doña Esther a su hija Dorita, tomándola de la mano. *El que te conviene es Mario Hidalgo. Ese chico es tranquilo, buenmozo y un buen partido para ti. Deberías hacerle más caso, Dorita. Pero es amigo de Bobbycito y dicen que se disparan como en las cowboyadas*, dijo Dorita, asustada. *No creo, Mario Hidalgo es un chico tranquilo, de buena familia, no es un loco acomplejado como el cojito. Dale una oportunidad a Mario, hazme caso*, dijo doña Esther, y luego reprimió delicadamente un eructo, provocado por la masiva ingestión de salmón crudo y queso brie.

El plan del loco era simple: quería desaparecer. No quería matarse, quería desaparecer, quería irse secretamente a algún lugar lejano e inhóspito en el que nadie nunca pudiera encontrarlo, quería olvidarse de la gringa, de sus tres hijos, del cabrón libidinoso de su papá, quería inventarse otra identidad, cambiar de nombre, ser otra persona, loco y tartamudo, pero alguien al que nadie llamara Pancho, alguien de quien nadie supiera su pasado, un tipo cualquiera, con barba y ojos alunados, perdido en un pueblo cualquiera, llevando una vida simple, austera, desapegada de las cosas materiales. No se había vuelto más loco, había recordado que su destino era el de ser loco y quería cumplirlo a cabalidad. Un loco como él no podía ser un señor honorable, con trabajo, con sueldo, con esposa, con hijos en el colegio. Un loco como él tenía que vivir libre de toda atadura burguesa, emanciparse de las servidumbres de la vida en la ciudad. El loco quería huir, destruir su pasado, no ver nunca más a su familia. No le preocupaba abandonar a sus hijos, pensaba que todos en la vida estaban librados a su suerte y que si él cumplía su destino, sus hijos algún día lo entenderían y serían, a su vez, mejores personas. Dicho de otro modo, estaba seguro de que, si se quedaba encarcelado en la ciudad, simulando no ser tan loco, dejándose humillar por su padre y por la gringa traidora, terminaría envenenando a sus hijos y dándoles la peor versión de sí mismo. El loco, siendo loco, tuvo en ese instante crucial de su vida un rapto de lucidez, y entendió que solo desapareciendo podía sobrevivir y permitir que su mujer y sus hijos tuvieran una mejor vida o una vida simplemente.

El plan de desaparición tuvo tres momentos estelares, que el loco nunca olvidaría. El primero fue encender una fogata en el jardín de la casa de su amigo Pedrito y quemar todos sus documentos: su pasaporte, su partida de nacimiento, su libreta electoral, su registro matrimonial, su brevete, todas las fotos que pudo encontrar de él, de sus hijos, del pasado que ahora quería reducir a cenizas. No quedó un solo papel ni una sola foto que pudiesen probar que el loco se llamaba Francisco Martínez Meza y que en ese momento de su vida había cumplido ya veintiocho años y tenía tres hijos. El segundo momento crucial fue decirle a su amigo Pedrito, los dos risueños, los ojos achinados, compartiendo un último porro frente al fuego que calcinó su identidad:

—Te regalo al alemán.

El alemán no era una persona, era un auto Volkswagen escarabajo de fabricación alemana, color celeste, bastante descuidado, que don Ismael le había obsequiado a su hijo Pancho cuando regresó de la hacienda de Huaral, tras el despojo de la reforma agraria, y se instaló en el piso de abajo del edificio. El escarabajo era el auto de Pancho y Lucy y los tres chicos, y si bien estaba a nombre de Pancho, era un bien conyugal, y por tanto legalmente Pancho no podía disponer de él sin el consentimiento de su esposa, pero al loco las leyes le importaban tres carajos, y como Pedrito no tenía carro, aceptó las llaves del alemán encantado y salió inesperadamente de su condición de peatón. Lucy nunca le perdonó a Pancho semejante afrenta. Entendió que, después de verla mamándosela a don Ismael, Pancho se volviera más loco y se mandara mudar a los quintos infiernos y que nadie supiera dónde coño estaba, pero no le perdonó que el auto alemán de la familia, en lugar de dejárselo a ella, como pensaba que correspondía, se lo regalase al fumón de Pedrito, que, avispado, le hizo firmar a Pancho los papeles de la venta simbólica del auto, y se quedó con el alemán, y por mucho que Lucy protestó, lo insultó y lo amenazó, Pedrito se quedó manejando el alemán, una vez que Pancho desapareció.

Loco malparido conchatumadre, ¿cómo mierda puedes dejar a tus hijos sin padre y sin carro?, gritó Lucy, histérica, cuando Pedrito, relajado por la marihuana, se negó a devolverle el escarabajo celeste y le hizo saber que, como amigo fiel, debía cumplir la voluntad de Panchito, y Panchito le había regalado el VW, así que *piña nomás, gringuita, y si quieres saber dónde está el loco, pregúntale a la Interpol, porque yo no tengo la más puta idea.* Pero nadie buscó al loco, ni Lucy ni sus padres ni sus tres cachorros abandonados a su suerte: Panchito Chizito, Elizabeth y Soledad.

El tercer momento decisivo en el plan de desaparición del loco fue el más complicado y el de más arriesgada ejecución, y tenía que ver con el dinero, porque para desaparecer, para irse lejos, para comprarse una casita en los Andes, allá arriba donde nadie lo encontrase, tenía que irse con un dinero del que carecía y que, por supuesto, tampoco tenían sus amigos, Pedrito, el rockero, y Javicho, el fotógrafo de suicidas. Plata tenía su viejo, el cabrón de don Ismael, pero el loco ni loco se rebajaría a pedirle nada al miserable de su padre, al que había odiado desde que nació. Plata tenía también su madre, doña Catalina, pero, como buena vieja católica, jugadora compulsiva, chismosa y alcohólica, nunca sacaba su dinero del banco y solo gastaba la plata que le daba a regañadientes su marido. Plata hubiera podido conseguir vendiendo el alemán, pero ya se lo había regalado a Pedrito y no se arrepentía, Pedrito era un amigo de los buenos y se merecía manejar el alemán, *que se joda la gringa, si quiere carro que se lo pida a su suegro, que si le da pinga tendrá que darle un carro también. Plata, plata, ¿quién carajo tiene plata?, ¿a quién puedo sacarle plata?, ¿cómo consigo plata para largarme de Lima y desaparecer?*, pensaba, rumiaba, se desesperaba el loco. Era la primera vez en su vida que necesitaba plata. Hasta entonces, había vivido como si la plata no existiera, gastando lo poco que le daban sus padres, negándose a trabajar para ganar un sueldo, alegando que era un artista, y cuando le preguntaban riéndose burlonamente en qué consistía su arte, él respondía muy serio:

—Yo miro nomás.

Y cuando le preguntaban qué era lo que miraba y por qué había arte en su mirada, el loco respondía tartamudeando:

—Miro todita la cojudez.

Nadie lo entendía, salvo sus dos amigos, pero el loco quería algo simple, quería vivir solo, en silencio, lejos de todos, mirando, mirando, mirando la vida pasar frente a sus ojos desconcertados, dibujando caras de gente infeliz que él creía haber conocido o que se inventaba para tener amigos, unos amigos callados que no le jodiesen la vida y que viviesen allí tranquilos, en esos pedazos de cartulina. Plata era lo que necesitaba el loco para desaparecer, plata era lo que tenía que conseguir de un buen golpe. El loco podía ser muy loco, pero no era ningún idiota. Cuando quería algo, como quiso en su momento tirarse a la gringuita que se bañaba en el río de Huaral, no paraba hasta conseguirlo. Plata había en el banco, pensó el loco. Plata había que sacar del banco, razonó. Plata había que robar del banco, *porque en el banco no tengo cuenta de ahorros*, concluyó. No tuvo ningún reparo ético, siempre había pensando que los banqueros eran los más grandes ladrones. Como necesitaba de un cómplice, le contó el plan a Pedrito. El plan no era muy elaborado: había que robar un banco y escapar con el botín. Pedrito era un amigo leal y no podía fallarle en esa ocasión desesperada. Aunque no sabía las razones que habían obligado al loco a querer desaparecer ni pensaba preguntárselas porque sabía que el loco solo contaba lo que quería y cuando quería, Pedrito le dijo que estaba dispuesto a ayudarlo en el asalto al banco, pero que no quería un centavo, que todo el dinero sería para Pancho, que ya bastante se había ganado quedándose con el alemán. Pedrito se ofreció generosamente a cumplir la doble función de chofer y "campana", es decir, llevar a Pancho al banco, esperarlo, vigilar, avisarle si detectaba alguna situación peligrosa y ayudarlo a escapar en el escarabajo alemán, hasta dejarlo en la estación de trenes del centro de Lima, donde el loco quería tomar un tren hacia la sierra para buscar un pueblo tranquilo donde asentarse, mirar, dibujar y espantar a los cojudos.

El día elegido para el gran golpe, Pedrito y Pancho fumaron una hierba de origen colombiano que les dio el aplomo y la determinación que tanta falta les hacía para consumar el atraco. El loco no era hombre de complicarse la vida: eligió la agencia bancaria más cercana a la casa de Pedrito, llevó una pistola de agua que habían usado para mojarse en carnavales, se puso una media panty de mujer en la cabeza, bajó resuelto del alemán, entró al banco a paso rápido, le metió un cabezazo al guachimán, dejándolo inconsciente en el piso, se acercó a la cajera y le dijo, sin tartamudear un ápice, con un aplomo de tres pares de cojones:

—Dame toda la plata, cholita.

No le dijo *cholita* de un modo desdeñoso o condescendiente, se lo dijo amigablemente, con un punto de arrechura, porque al loco siempre le habían gustado las mujeres del pueblo, bien despachadas y sin prejuicios para entrarle al combate amoroso.

—¿Cuánto quiere, señor? —preguntó la mujer, con voz temblorosa.

—Todo, pues, cojuda —se impacientó el loco—. Dame todo o te mato.

La cajera encontró simpático al ladrón encapuchado y no pensó conveniente presionar el botón de alarma. Siempre había soñado con este momento y ahora le sorprendía sentir que lo que de verdad quería no era llamar a la policía sino darle todo el dinero al ladrón tan guapo y avezado (o guapo se lo imaginaba ella, tras la panty que se había puesto el loco) y escapar con él para amarse fogosamente en algún escondrijo.

—Y si te doy toda la plata, ¿también me vas a matar? —preguntó la mujer, mientras sacaba los fajos de billetes y los ponía sobre el mostrador.

El loco se quedó pasmado, estupefacto, sin respuesta.

—Chucha, no sé —dijo, sorprendido—. Dame la plata nomás y no me jodas con tantas preguntas. Ya después vemos si te mato.

—Ya, señor —dijo ella, resignada pero segura de que ese hombre jamás la mataría—. Aquí tiene todita la plata —añadió, y le alcanzó todo el dinero que pudo reunir.

—Gracias, cholita —le dijo el loco, fumadísimo, relajado, mirándole las tetas, seseando mal.

Luego se guardó los fajos de dinero en los bolsillos.

—¿No me quieres secuestrar? —se ofreció la cajera, entregada a su fantasía amorosa.

—Ni cagando —le dijo Pancho—. Soy loco. No te conviene. Pero te metería kilómetros de pinga, chola pendeja.

Luego el loco salió corriendo mientras la cajera suspiraba y el guachimán seguía tendido en el piso y los pocos clientes permanecían inmóviles, aterrados, en cuclillas, agachados, cubriéndose la cabeza por si el loco empezaba a meter tiros a diestra y siniestra, y Pedrito lo esperaba afuera con el alemán celeste, carro viejo pero leal, y puso primera y arrancó a toda velocidad, mientras Pancho se quitaba la panty que no lo dejaba respirar.

—¿Todo bien? —preguntó Pedrito, temblando de miedo, mirando por el espejo para ver si no los seguía la policía, manejando atropelladamente.

—Bien la chola —dijo el loco—. Ricotona. Otro día regreso y me la robo.

Pedrito se rió.

—Voy a necesitar chucha en la montaña —dijo el loco, y no se equivocaba.

El cojo se había mamado media botella de gin con agua tónica, fajado en el cinto dos pistolas italianas con silenciador y montado en la Harley Davidson una jodida tarde cualquiera. Le gustaba dar vueltas por Miraflores buscando líos, buscando pleitos, a la caza de alguna riña o refriega pasajera que le permitiera sacar sus pistolas y meterle miedo al desdichado que se cruzara con él. Le gustaba hacer rugir el motor de la Harley por las calles habitualmente apacibles de Miraflores: tal vez era una manera inconsciente de compensar su cojera, no podía caminar bien ni menos correr, pero arriba de la moto era el rey del mambo y no había quién lo sobrepasara ni semáforo en rojo que respetara ni vieja estreñida que mereciera que él se detuviera dándole prioridad en el cruce peatonal. O sea que, esa tarde, el cojo salió en moto no a pasear sino a buscar jaleo, a enzarzarse en alguna discusión acalorada con un taxista en un cacharro o con algún otro motociclista que osara desafiarlo en velocidad. El cojo había nacido molesto y su destino era el de molestar a los que no lo estaban, y por eso se montó en la Harley negra, sin casco por supuesto, eso de ponerse casco era para maricones, y metió con todo por las calles arboladas de Miraflores, rumbo al mar, donde le gustaba parar, comer un helado, no pagarle al heladero, mentarle la madre, enseñarle la pistola, ver cómo le temblaban las piernas al serrano malparido y salir zumbando, sintiéndose el cojo más hijo de puta de Lima. Estaba en sus planes entonces meterse en líos, pero no meterse en líos con un auto VW celeste que venía a toda velocidad huyendo de un lío y procurando evitar otro a toda costa. El conductor del auto no parecía estar dotado de pericia para tales maniobras y venía derrapando peligrosamente por las curvas del barrio, acompañado de un lunático barbudo que sacaba la cabeza como si tuviera miedo de que alguien los siguiese, y el cojo, que para eso había salido a ronronear en moto, para meterse en líos con algún pobre hombrecillo culpable solo de caminar sin renguear y por eso enemigo suyo, olfateó bien que ese carrito desvencijado llevaba a dos sujetos que andaban metidos en un lío o huyendo de un lío o ambas cosas a la vez, porque no le pareció normal ver las caras desencajadas de ambos ni la velocidad desenfrenada a la que se habían abandonado en ese cacharro viejo que a duras penas seguía rodando, dejando una estela humosa y tóxica a su paso. Como el cojo además de jodido y jodedor era un policía o detective frustrado, no dudó en acelerar y ponerse a perseguir al VW altamente sospechoso. En cuestión de segundos, y dada la potencia de la moto y la temeridad de su conductor, ya se había puesto detrás del auto del loco, a tiro de piedra, tan cerca de ellos, y tan obviamente siguiéndolos, que el loco gritó desaforado:

—¡Me cachen, nos sigue la policía, Pedrito!

Pedrito miró por el espejo y vio a una suerte de toro bravo en una casaca de cuero negro, con anteojos negros de aviador, subido en una moto que parecía avión, con la peor cara de loco que había visto en su vida, mucho peor (o más siniestra y peligrosa) que la cara del loco que llevaba al lado, con el botín recién robado del banco. Aterrado, Pedrito gritó:

—¡Nos cagamos!

El loco farfulló algo tan atropellado y nervioso que ni él entendió lo que había dicho, pero Pedrito entendió que el loco también estaba cagado de miedo.

—¡Tira la plata, huevón! —le gritó Pedrito.

El loco lo miró indignado y discrepó:

—¡Ni cagando! ¡Esta plata es mi jubilación!

Atrás seguía acercándose el cojo en moto con una cara de malo que realmente metía miedo. Además, el cojo manejaba la moto con una sola mano, la derecha, y con la izquierda se sobaba alternativamente los cojones o una de las dos pistolas italianas con las que pensaba agujerear a este par de malandrines que seguro tenían droga en el auto y por eso corrían como cuyes de feria, ahora se habían jodido *ese par de hippies mari-*

cones, carajo, les voy a meter bala hasta dejarlos con ocho ombligos, pensaba el cojo, relamiéndose, porque nada le daba más placer que la idea de segar una vida, humana a ser posible y masculina en el mejor de los casos.

Cuando el cojo se acercó más y sacó una pistola y la enseñó y les gritó que se detuvieran, el loco no lo pensó y actuó brutalmente, como guiado por un instinto ciego, de supervivencia: pisó en seco el freno del VW, pasando la pierna izquierda por encima de Pedrito, tan repentinamente que el cacharro casi se da un trompo o vuelta de campana, tan repentinamente que el cojo terminó estrellando su moto contra el auto del loco y pasó volando por encima del techo y cayó encima del capó del VW y luego se desplomó como un saco de papas en el pavimento, quedando una de sus pistolas tirada en la pista.

—¡Acelera! ¡Cháncalo! ¡Cháncalo al tombo! —gritó el loco, al ver a ese animal de proporciones inhumanas tendido en el asfalto, moviéndose como una bestia a punto de despertar del golpe que lo acababa de inmovilizar.

—¡No seas huevón, no podemos matar a un policía! —gritó Pedrito.

El loco hizo entonces algo insólito: sin importarle lo que pudieran pensar los peatones, curiosos y viandantes que habían contemplado pasmados la colisión y el vuelo subsiguiente del cojo y su aterrizaje forzoso con pistola al aire, se sentó sobre su amigo, pisó a fondo el acelerador y dirigió el leal VW celeste a la humanidad estragada del cojo, dispuesto a machucarlo y hacerlo puré, papilla o cebichito. Pedrito se sorprendió. No sabía que el loco podía ser tan sanguinario e hijo de puta para matar a alguien con tal de escapar con el botín de su jubilación y no atinó a decir nada ni a protestar por sentir las nalgas del loco sobre sus piernas. Como el cojo no era del todo humano, o era en cierto modo un accidente humano deplorable, despertó del golpe un par de segundos antes de que el loco lo arrollara sin compasión. Olfateando el peligro desde la inconsciencia, abrió un ojo, vio que el cacharro se le venía encima, rodó hacia un lado como en las películas de guerra en blanco y negro que le gustaba mirar y consiguió esquivar al auto asesino, que le pasó rozando y alcanzó a sacarle su zapato de taco alto, el zapato de la vergüenza. Luego, desde el piso, sacó una pistola, se tendió boca abajo y apuntó y disparó tres disparos que perforaron la luna posterior del VW y pasaron silbando al lado del loco y su amigo. Si el loco hubiera estado sentado en el asiento del copiloto, las balas le habrían reventado los sesos. Pero sentarse sobre Pedrito le salvó la vida o le pospuso la muerte.

—¡Agáchate, carajo! —le gritó Pedrito, y el loco se lanzó cuerpo a tierra o más exactamente al piso polvoriento delante del asiento del copiloto.

Luego Pedrito miró por el espejo retrovisor y suspiró aliviado al ver que nadie los seguía y que la moto continuaba tendida en el pavimento.

—¿Adónde vamos, huevón? —preguntó Pedrito, con los testículos de corbata.

—¡AlaestacióndeltrendesamparadosaHuancayo! —gritó el loco, hecho un ovillo: nunca nadie había dicho esas palabras tan rápidamente como él en esa tarde en la que salvó la vida.

Entretanto, el cojo se incorporó con dificultad, pudo sostenerse en pie y miró desafiante a las señoras que lo observaban con terror y compasión, sin saber si ayudarlo o escapar de él.

—¿Necesita ayuda, jovencito? —preguntó una señora, al ver que sangraba de una mejilla y que parecía mareado.

—Sí, por favor —dijo el cojo—. Si no le molesta, necesito que me la chupe.

La gente se alejó de ese hombre corpulento y peligroso que olía a rabia, a cólera, a pólvora, a muerte inminente, y el cojo, sin saber por qué, sacó su pistola y disparó tres balazos al Cristo Redentor de la iglesia María Reina, volándole una mano de yeso y dejándolo manco.

—Estamos parejos —murmuró, y luego escupió un salivazo ensangrentado.

Media hora después, Pedrito le dio un abrazo, el loco escondió la plata en sus bolsillos, compró un boleto y se subió al primer tren a Huancayo.

Pedrito sabía que no debía decirle a nadie que el loco había robado un banco y escapado en tren a la sierra. Pedrito sabía que debía llevarse ese secreto a la tumba. Lo que no sabía era que se lo llevaría tan rápido. Tres meses después, murió de un cáncer fulminante, dejando viuda y dos hijos cachorritos. Nunca supo cuánta plata robó el loco. El loco tampoco lo supo porque no sabía contar.

El cojo se había enamorado de Dorita. Estaba seguro de eso porque nunca antes había sentido ganas de irse a vivir con una mujer, de cuidarla, de protegerla, de acariciarla delicadamente, de nunca romperle el culo. No era calentura o arrechura ciega lo que sentía por Dorita, aunque por supuesto se hacía pajas todas las noches pensando en ella, era un amor protector, de hombre macho, de jefe de la tribu, era un amor que no había sentido antes, porque ahora se imaginaba ya casado con Dorita, teniendo hijos con ella, haciendo feliz a esa mujer tan inocente y bondadosa a la que no parecía importarle que él fuera cojo y medio bruto, como a las demás chicas pitucas del Villa, que ni locas salían con él, más por cojo que por bruto, porque ellas muy inteligentes tampoco eran. Una vez que el cojo aceptó que su amor por Dorita era definitivo e inexorable y no tenía remedio, hizo dos cosas de las que luego habría de arrepentirse, pero él no era hombre de calcular las cosas, era impulsivo, vehemente, arrebatado, de hablar desde los cojones y no andar con diplomacias ni mariconadas: se lo dijo a Mario, pegando tiros en un descampado de Cieneguilla, y Mario reaccionó como solía reaccionar, o sea no dijo nada, ni se alegró ni se entristeció, solo dijo *ojalá te dé bola porque Dorita tiene su jale, muchas pirañas andan persiguiéndola, así que no pierdas el tiempo y mándate de una vez,* pero lo que Mario no le dijo al cojo era que a él también le gustaba Dorita, aunque a él le gustaban las mujeres de una manera menos intensa y rabiosa que al cojo, porque el cojo con las putas se ponía violento, les pegaba, las insultaba, recordaba las escenas en el barco, siendo violado por unos marineros ingleses borrachos, y entendía el sexo no como un juego sino como una guerra despiadada y cruel en la que uno tenía que someter al otro y humillarlo todo lo que fuera posible. Mario era más apagado y más normal con las mujeres, tal vez porque no había sufrido los traumas del cojo, tal vez porque no había en su espíritu tanto odio como en el del cojo, aunque Mario también odiaba a su familia, odiaba que sus padres nunca le hubieran prestado atención, odiaba que todos en esa ciudad le hicieran reverencias por la plata que tenía, no por lo que él era, odiaba que su futuro estuviese fríamente calculado por su padre y que su libertad fuese solo una quimera, un territorio que compartía con su amigo el cojo disparando en los descampados de Cieneguilla o disparándose entre ellos o saliendo de putas a emborracharse, pero Mario sabía que a la larga estaba jodido y que su padre mandaba sobre él, mandaba absolutamente sobre él, y que todo lo que hiciera en el futuro, el trabajo, la casa, incluso la mujer con la que se casaría, lo elegiría su padre, no él, porque el padre de Mario, don Alfonso Hidalgo, no era más millonario ni más hijo de puta por falta de tiempo, y sabía que para ser millonario había que ser un hijo de mil putas y no tener compasión ni por tu madre, y era en eso incluso más severo y mala leche que don Bobby, más austero y comedido en los gestos de cariño que don Bobby, y nunca abrazó ni besó a Mario ni a sus otros hijos, siempre mantuvo la distancia y cuando los saludaba les daba la mano y apretaba fuerte y les decía *aprieta como hombre, carajo*, y a veces a Mario le quedaba la mano lastimada de lo mucho que se la apretaba su padre y no entendía por qué ese viejo de mierda, con toda la plata que tenía, andaba siempre tan envenenado con el mundo, puteando a todo el mundo, a su mujer, a sus empleados, a los cholos del servicio, un grandísimo hijo de puta era don Alfonso

Hidalgo, y por eso se entendía tan bien con don Bobby. Pero tal vez el cojo no debió contarle a Mario que se había enamorado de Dorita porque, al contárselo, Mario ya vio a Dorita con otros ojos y pensó: *Si Dorita no le da bola y lo deja tirando cintura, entonces yo salgo con ella, le voy a dar el primer turno al cojo, pero si la caga, Dorita será mía, porque para cojudos los bomberos, y tampoco es que Dorita sea propiedad del cojo solo porque el cojo anda arrecho por ella.* El otro error que tal vez cometió el cojo fue llamar a casa de Dorita y decirle para salir con ella. El error no fue llamarla, porque Dorita lo atendió y se sintió halagada y ruborizada y, contrariando el consejo de sus padres, que le advirtieron que ese cojo era malo y bruto, aceptó salir con él. Su error fue aceptar la propuesta que le hizo Dorita de encontrarse en la misa de seis de la Virgen de Fátima, escuchar la misa juntos y luego ir a tomar un helado y pasear por el malecón. El cojo se quedó frío cuando Dorita lo citó en misa de seis, no estaba en sus planes, pero encajó el golpe y le dijo *ahí nos vemos*, y colgó enseguida porque no era bueno con las palabras y tenía miedo de decir algo que la asustase, tenía miedo de decir una burrada y cagarla y perder la cita soñada con Dorita, que sería su mujer y la madre de sus hijos, cuatro hijos por lo menos, y todos machos, machazos como él, porque el cojo quería tener hijos que no cojearan y que fueran bien arrechos y que anduvieran con pistola todo el tiempo, listos para bajarse al primer cholo ladronzuelo que les quisiera arranchar el reloj, cholos rechuchasumadres, a balazos hay que tratarlos, que es el único lenguaje que entienden esos alacranes. Con pistola andaba siempre el cojo, y no con una sino con dos pistolazas bien adheridas al cinto y cargadas ambas y con munición de re-

puesto en una cajita que llevaba en la moto, y por eso ni
se le ocurrió sacarse las pistolas para ir el domingo a
misa de seis a encontrarse con Dorita. Como Dorita era
muy religiosa y lo había sido desde muy niña y rezaba
un rosario todos los días y quería ser santa y se confesa-
ba todas las semanas, llegó más temprano y se confesó
los pecados habituales (*he sido ociosa, he sido golosa, he
sido vanidosa, he sido malpensada*) y cuando el cura oje-
roso, de aliento rancio, le preguntó cuáles habían sido
esos pensamientos malos de los que se arrepentía, Dorita se ruborizó, tosió y dijo con la voz entrecortada: *He
malpensado en un chico que me gusta y ahora vendrá a
misa a verme.* Lógicamente, el cura indagó por los detalles, pero Dorita lo defraudó diciéndole que solo había
malpensando en el chico pensando en él, no pensando
nada malo o feo, sino pensando en él, porque el chico
era cojito y eso a ella le daba una pena muy grande y
había pensado llevarlo a la Virgen de Lourdes a ver si le
hacía el milagro de que el cojo dejara de cojear y la pierna corta le creciera ocho centímetros y se le emparejaran
las dos, así había malpensado Dorita del cojo, en llevarlo donde la Virgen Milagrosa y curarlo y ya después ver
qué planes tenía el Señor reservados para los dos, pero a
ella el cojito le gustaba, le daba pena, le parecía bueno
en el fondo y le partía el corazón que sus papás lo trata-
sen tan mal solo por ser cojito, que era algo de lo que él
no tenía la culpa, en todo caso la culpa la tenían ellos
por no haberlo sabido curar a tiempo, pensaba Dorita.
Después de confesarse, Dorita se sentó como de costumbre en la primera fila y con una mantilla negra cubriéndole el rostro, porque así había sido educada por su
madre, doña Esther, que era muy severa en las cuestio-
nes de la fe, y esperó con ansiedad a que llegara el cojo a

la misa de seis. Dieron las seis y empezó la misa y el cojo no llegaba. Dieron las seis y diez, seis y cuarto, y nada, el cojo no aparecía. Dorita cerraba los ojos y rezaba para que el cojo llegara y nada malo le hubiera pasado. A las seis y veinte escuchó el estruendo de una moto invadiendo el templo y acallando la voz del cura, y supo, sin voltear a mirarlo, que era el cojo. El cojo no se apuró en apagar la moto, la hizo ronronear un buen rato, el suficiente para que todos los feligreses volteasen a mirarlo con aire de reprobación, porque a él le gustaba andar de chico malo, de oveja negra, ser el más cabrón de todos y en misa también. Por eso metió la moto a la iglesia, para escándalo de algunos concurrentes que lo miraron con hostilidad pero no se atrevieron a decirle nada, la apagó, desmontó como si fuera un caballo y él un vaquero entrando a un bar, y empezó a caminar cojeando con su zapatazo de taco alto por el centro mismo de la iglesia. Lo que más alarmó a los fieles no fueron el escándalo de la moto ni la mirada malévola del cojo ni el modo en que rengueaba, sino que el cojo se encargó de dejar bien a la vista las dos pistolas que llevaba al cinto, lo que a todos les pareció de un mal gusto atroz y al cura le preció una cosa hereje pero indudablemente sexy, y la verdad es que por un momento perdió la concentración y la entrega devota al Altísimo porque no pudo evitar que sus ojos se posaran arrobados sobre ese machazo musculoso y cojo que entraba a la iglesia con dos pistolas y un buen par de cojones, un hombre de verdad como nunca había visto el curita en la misa de seis, un hombre con el que, pensó, se iría corriendo ahora mismo, en sotana, subido a la moto, abrazando al cojo y diciéndole al oído *méteme tu pistola y enséñame el pecado y sálvame de este aburrimiento miserable que es dar misa*

todos los putos domingos del Señor frente a cincuenta vie-
jas muertas de miedo de morirse y un puñado de chiquillas
muertas de miedo de perder su virginidad, entre ellas Do-
rita, que, por supuesto, escuchó los pasos desiguales y
bien marcados del cojo, que retumbaban y producían
un eco en el templo, y de pronto sintió que el cojo se
sentaba a su lado y no le decía nada, ni la miraba, y entonces ella, sin asustarse ante las pistolas, le dijo al oído
arrodíllate y saluda al Señor, y el cojo se sorprendió de
que Dorita le diese esa orden pero fue tan dulce sentir
su voz al oído que de inmediato se arrodilló y cerró los
ojos y no supo qué rezar porque era bruto de nacimiento y no le salían las palabras y lo único que se le ocurrió
decir fue *Dios, dame una mano con Dorita, solo te pido*
eso, que no me cagues también con ella, haz que me dé
bola, que sea mi hembrita, porque si no me da bola entro
un día a esta iglesia de mierda y mato a balazos al cura y a
todos los mariconcitos que vienen acá a rezarte porque tie-
nen miedo de irse al infierno, y yo no tengo miedo de irme
al infierno porque ya estuve en el infierno, en ese barco
donde me rompieron el culo ciento cincuenta veces, así que
yo no le tengo miedo a nadie, Dios, ni a Ti tampoco, y no
te estoy amenazando, solo te pido que me ayudes con Dori-
ta, nada más, porque hasta ahora mucho no me has ayu-
dado, cabrón, y esta me la debes. Dorita se quedó impresionada del tiempo tan largo que el cojo se quedó arro-
dillado y con los ojos cerrados, mientras todos le veían
las pistolas y el zapato negro con ese taco enorme y el
cura seguía suspirando desde el altar por ese machazo
moreno que había venido en moto a alegrarle tanto la
liturgia, *ojalá todos los domingos fueran así.* Después de
rezar, el cojo se sentó y cuando dieron la comunión no
fue a comulgar y eso a Dorita le sentó muy mal porque

no esperaba que el cojo estuviera en pecado mortal, no podía imaginar qué pecado mortal había cometido el cojo, seguro que alguno relacionado con los placeres de la carne, pero si el cojo había pecado haciéndose tocamientos indebidos o fornicando con mujerzuelas de malvivir, debería de haber tenido la decencia de confesarse antes de venir a misa de seis con ella. Esa fue la primera gran decepción que se llevó Dorita aquella tarde, que el cojo no comulgara a su lado ni mostrara remordimiento alguno cuando ella regresó saboreando la hostia y lo vio sentado con cara de absoluto desparpajo, con una desfachatez que a ella, tan pía, le resultó hiriente, hiriente con el Señor y con la Virgen a la que le pediría el milagro de curarle la cojera e hiriente con ella, que al menos por cortesía podría haberse confesado para comulgar juntos como una pareja que a lo mejor tiene planes para el futuro y por eso ella lo había citado en la iglesia, para que su relación con el cojo, si alguna relación habían de tener, quedara en manos del Señor, y fuera Él quien bendijera ese amor, si estaban llamados a amarse, cosa que a ella ahora le parecía bastante improbable, viendo que el cojo no había comulgado y se sobaba los cojones como si con él no fuera la cosa y ya tuviera ganas de largarse de esa misa aburrida. Pero esa fue solo la primera de las muchas decepciones que Dorita tuvo que sufrir en silencio aquella tarde de domingo. La segunda decepción fue que el cojo no tuvo reparos en soltar una sonora flatulencia, de fétido olor, antes de que terminara la misa, un error de cálculo del cojo, que había comido una tortilla con seis huevos revueltos antes de ir a misa (porque él pensaba que los huevos le tonificaban la musculatura y los cojones también) y pensó que el gas que dejaría escapar no sonaría ni apestaría como en efecto sonó y apestó. La tercera decepción que se llevó Dorita fue que, una vez terminada la misa, le propuso al cojo caminar por el malecón para ver la puesta de sol, pero el cojo dijo que no, que le podían robar la moto, que se subiera a la moto, *para qué vamos a caminar si tengo esta motazo, no seas tonta*, y a Dorita no le gustó que él la llamara *tonta* y que fuese tan poco romántico para despreciar así un paseo por el malecón. La cuarta decepción que se llevó fue que el cojo no tenía casco para él ni para ella y cuando ella se lo hizo notar él soltó una risotada burlona y dijo: *Los cascos son para los maricones, agárrate fuerte nomás y vas a ver cómo te gusta la cojudez.* Esa fue otra decepción que se llevó Dorita, cuántas decepciones juntas, que el cojo hablase de ese modo tan ordinario, tan chabacano, tan poco respetuoso con ella, una niña bien, de su casa, bautizada, confirmada, en estado de gracia y virgen hasta el matrimonio, según promesa hecha al Señor y a la Virgen María. Dorita subió a la moto y el cojo encendió la máquina y fue un escándalo a la salida de la misa y Dorita se sintió sumamente incómoda protagonizando esa escena que le parecía muy inapropiada. Luego el cojo le dijo *agárrate fuerte, flaca, y no tengas miedo, que yo soy un as del volante,* y antes de que Dorita tuviese tiempo de decir nada, ya estaban volándole los pelos negros y el cojo aceleraba como una bestia por las calles de Miraflores y esquivaba autos, buses, peatones, ciclistas, como si fuera una competencia suicida, como si quisiera demostrarle a su chica Dorita que nadie iba más rápido en todo Lima que él, el cojo de la moto con dos pistolas, y Dorita no podía ni respirar del susto y se sujetaba bien fuerte de la barriga del cojo, que la tenía bien dura por los doscientos abdominales diarios que hacía y que ahora se sentía el hombre más feliz del mundo, en su moto, con su chica, paseando por Miraflores, demostrándoles a todos esos cholos mariconcitos de mierda que él, cojo y todo, se había levantado a la chica más linda de Lima, *porque no me jodan, esta hembrita que llevo aquí atrás y que va a ser mi hembrita toda la vida, no me jodan que no es igualita a Elizabeth Taylor, la puta que la parió, por fin te sale una buena, cojo, por fin tienes suerte en algo, ya se te dio la ley de las compensaciones y lo que no te dieron en las piernas ni en la inteligencia te lo acaban de dar con esta mamacita que llevas en tu moto y que ahora es tuya y solo tuya y nunca dejará de ser tuya, no importa si ella quiere o no, ella es tuya y así nomás es y tendrá que acostumbrarse, porque a las mujeres hay que tratarlas como a las motos, montarlas bien y dominarlas y hacerles sentir quién es el jefe, quién manda, quién acelera y frena y te pone el culebrón encima.* Orgulloso estaba el cojo como nunca en su vida se había sentido cuando de repente se detuvo en un semáforo y vio que tres mañosos piropeaban a Dorita, le mandaban besitos volados, le decían cochinadas, le miraban el culo. Dorita ni cuenta se dio de lo asustada que iba a ciento cuarenta por hora y con los pelos todos despeinados y el alma en vilo, pero el cojo, ni que fuera idiota, al toque advirtió que esos tres jijunagramputas habían tenido la concha de coquetear con su hembrita, pensando que él, por cojo o por cojudo, se haría el distraído y no les haría nada. No sabían los mañosos de mierda con quién se habían metido. El cojo bajó de la moto, la dejó prendida, no le dijo nada a Dorita, se acercó a los tres mañosos del paradero, sacó una de sus pistolas, les apuntó a las piernas y les disparó un balazo a cada uno en la pierna derecha, ante la mirada aterrada de Dorita, que de pronto comprendió que el cojo era un sicópata, y ante el espanto de los peatones, que salieron corriendo y gritando, y luego se acercó a los tres mañosos abaleados que lloraban y pedían clemencia, *no me mates, patrón, no me mates, no le dije nada a tu señora*, y los vio feliz con las piernas ensangrentadas, y les echó encima un escupitajo con flema y les dijo: *Ahora somos cojos los cuatro, cholos rechuchasumadres, y la próxima que coqueteen con mi hembrita, les disparo en los huevos y los mato, jijunagramputas.* El cojo regresó cojeando como si nada, muy tranquilo, mientras los tres hombres abaleados se retorcían de dolor y clamaban auxilio, y subió a la moto y le dijo a Dorita *perdona, flaca, pero te faltaron el respeto, y a ti nadie te falta el respeto en mi delante*, y Dorita estaba tan asustada que no dijo una sola palabra, y cuando llegaron a la heladería, entró al baño, vomitó, y al salir le pidió al cojo que por favor la llevara a su casa, que se sentía mal, que no tenía ganas de comer un helado ni nada, y el cojo le dijo *bueno, pero espérate a que termine mi helado por lo menos*, y se comió el suyo y el que le había comprado a Dorita, y no hablaron nada, él comiendo los helados, ella temblando de miedo y pensando en el loco de mierda que tenía enfrente y al que no quería ver más, y por eso cuando el cojo se aventó los dos helados y le preguntó *y ahora, ¿adónde vamos, flaquita?*, ella no dudó en decirle *a mi casa, por favor*, y el cojo *¿por qué?, ¿estás incómoda?*, y ella *es que estoy indispuesta*, y el cojo, que era bien bruto y no era capaz de imaginar que Dorita estaba indispuesta porque acababa de verlo disparando sin compasión sobre tres transeúntes inocentes que a duras penas la miraron con un poquito de malicia, el cojo, bruto como era, pensó que Dorita estaba indispuesta porque le había venido la regla, y por eso sonrió y le dijo *te entiendo,*

Dorita, estás en uno de esos días, pero no te preocupes, que si se mancha la moto la limpio con mi lengua, y enseguida se rió de una manera torcida y aviesa que a Dorita le dio escalofríos y por eso cuando llegaron a su casa en la calle La Paz, Dorita bajó de la moto y le dijo *chau, Bobby,* y no le dio un beso y entró corriendo a su casa sin mirar atrás, segura de que nunca más en su vida saldría con ese hombre malo y mañoso que no merecía que la Virgen le hiciera ningún milagro y que merecía ser cojo por ser tan grosero, maleducado y pecaminoso, qué hombre tan asqueroso era este cojo para decirle que iba a limpiar la sangrecita de la regla imaginaria de Dorita con su lengua cochina de borracho. *Nunca más saldré con el cojo,* fue lo primero que dijo Dorita al ver a su madre, doña Esther, y luego le contó la barbaridad que había ocurrido y se echó a llorar y doña Esther dio órdenes de que si el cojo llamaba o se aparecía, negasen tajantemente la presencia de Dorita, que ese cojo era el demonio encarnado y solo podía traerle cosas malas a la santa de su hija.

Llegando a Huancayo, el loco se echó a caminar sin rumbo fijo, mirando, buscando un río, un sitio tranquilo, una casita frente a un río, una casita rústica frente a un río limpio, esto era todo lo que el loco quería para el resto de su vida, y llevaba en los bolsillos bastante dinero como para comprarla, o eso pensaba sin haberlo contado. El loco era un caminante infatigable, de paso ligero y mirada avispada, atento a los peligros de la ruta. Caminaba como si supiera exactamente a dónde iba, aunque no tenía la más vaga idea de dónde estaba ni a dónde iba. Pero sus pasos eran rápidos y resueltos y cualquiera que lo hubiera mirado a lo lejos habría pensado que ese hombre conocía el valle, había vivido allí toda su vida y estaba regresando a casa por un camino incontables veces recorrido. Loco como era, confiaba a ciegas en su instinto, en su corazonada, y sus pasos buscaban un río, una casa frente al río, un sitio tranquilo donde nadie lo jodiera nunca más, donde nadie se riera de él por ser feo y tartamudo. No pensaba en sus hijos, en la gringa, en las hembras, en el futuro, solo perseguía una idea quemante y obsesiva: encontrar la casita frente al río. Caminó cinco días con sus noches, durmió tirado en el pasto, en posición fetal, cuando caía la noche, comió lo que fue encontrando en el camino, en pueblitos y caseríos, y se aseguró de no perder la plata y de que no se la robasen. Por eso dormía despierto y caminaba dormido y esos cinco días fueron los más largos y extenuantes de su vida y solo paraba para comer, mear, cagar y dormir, después seguía andando y andando, sin nada en los bolsillos salvo los fajos de dinero que había robado, sin un documento, sin una foto, sin un papel que probase que él había sido Francisco Martínez Meza y ahora ya no lo era y era tan solo un caminante extraviado, buscando una casita frente al río.

La encontró al quinto día, después de cagar en cuclillas a la sombra de un árbol, pujando para expulsar los restos del cuy frito que había comido a mediodía en una fonda del camino. Escuchó a lo lejos el rumor de un arroyo, el canto pedregoso del río, y sintió algo parecido a la felicidad porque presagió que ese era el río y que siguiendo su curso serpentino encontraría la casita frente al río. No se equivocó. Cuando vio el río, se quitó la ropa, envolvió el dinero con su ropa sucia e impregnada de sus sudores y olores, se metió al agua y se zambulló y gritó como un animal recién liberado y meó y se tiró pedos acuáticos y se le puso dura la pinga de tanta felicidad repentina. Salió del río, cargó sus cosas, no creyó necesario vestirse con esa ropa sucia y empezó a caminar, mojado, desnudo, siguiendo el curso incierto de esas aguas que venían de las alturas y lo llevarían, estaba seguro, a la casita frente al río con la cual había soñado. Caminó dos horas, bajo el sol tibio de la tarde, sin cruzarse con ninguna criatura viva, y de pronto vio a lo lejos una casa al pie del río y supo sin la menor duda que esa sería su casa, que esa casa estaba allí esperándolo hacía mucho tiempo y que en esa casa viviría el resto de su vida. Tan contento estaba cuando llegó a la casa, que seguía desnudo. Se vistió, metió el dinero en sus bolsillos y tocó la puerta. Nadie abrió. Era una casa vieja, con las paredes resquebrajadas y el techo de calamina ahuecado, sin vidrios en las ventanas, una casucha que de milagro seguía en pie y que parecía haber sufrido los estragos de algún terremoto reciente, un corralón o madriguera que parecía haber sido abandonado y que apestaba a muerto. El loco tocó y tocó pero nadie abrió, así que pateó la puerta y salió tanto polvo que terminó estornudando. Luego comprendió que no había nadie allí dentro y que debía meterse por uno de los orificios que habían sido pensados como ventanas pero a los que no se les había puesto vidrios ni cortinas ni plástico o aluminio, o si algo les habían puesto, el terremoto lo había tumbado o los pillos de los pueblos vecinos lo habían saqueado. Sin miedo, porque el loco no tenía miedo a nada, salvo a la gringa y su venganza por haberla abandonado y por haberle regalado el alemán a Pedrito, el loco se metió a la casa de un salto, por uno de los huecos laterales, y quedó espantado por el olor apestoso que reinaba allí adentro. Todavía no había oscurecido, podía ver con claridad. No había muebles, no había una mesa, no había un carajo, solo una pestilencia viciosa que salía del cuarto al que se dirigió tapándose la nariz y en el que encontró la osamenta de un humano que no podía precisar si había sido hombre o mujer, una calavera tirada en el piso, unas ratas olisqueándola, un olor a muerto antiguo que venía de ese cadáver cuya identidad era tan imprecisa que Pancho decidió que él sería en adelante esa persona, que él la suplantaría gustosamente, que él haría suya esa casa y que ese muerto se había muerto para darle la bienvenida. Pancho espantó a las ratas, se acercó a los huesos, los recogió sin dejarse intimidar por la pestilencia, los miró con curiosidad, sobre todo la cara, el cráneo, la quijada, los orificios que habían sido ojos, esos despojos que se le rompían y deshacían en las manos y se convertían en un polvillo casposo, y llevó todo lo que pudo hasta el río y lo arrojó a las aguas y dejó que el río se llevara al muertito y le hizo adiós y luego miró la casita, respiró hondo y pensó *puta madre, qué lechero que soy, ya tengo la casa frente al río y no tuve que comprarla, ahora solo tengo que esperar a que aparezca una chucha rica donde remojar la pichula. Ya vendrá alguna cholita, ya vendrá*, y luego se echó al lado de la casa, a la sombra de un árbol frondoso, y durmió tan profundamente que cuando se despertó no se acordaba de quién era ni por qué tenía tanta plata en los bolsillos, solo sabía que tenía la pinga como de cemento y que necesitaba remojarla pronto en una chuchita acogedora. Cuando pensó en la gringa, en lo buena que había estado la gringa Lucy cuando la conoció en el río de Huaral, pensó que tendría que haberle echado un buen polvo antes de escapar, o que si algún día la volvía a ver le metería pinga hasta hacerla llorar, pero luego pensó que no quería ver nunca más a esa gringa traidora y que ya llegaría una mujer noble y buena, sin interés en la plata, que le prestara su chuchita de vez en cuando y que no hiciera preguntas ni le jodiera mucho la vida. Lo que no sabía el loco es que esa mujer no sería una campesina como las muchas que se había tirado en la hacienda de sus padres en Huaral, lo que jamás hubiera imaginado el loco es que esa mujer, la mujer que él estaba esperando en la casita frente al río, sería una holandesa que no sabía hablar una palabra en castellano.

El cojo era tonto y tonto del culo, pero tampoco tan tonto como para no darse cuenta de que Dorita no quería verlo más, porque no podía ser que cada vez que él llamaba, ella no estuviera, no podía ser que cada vez que iba a tocarle el timbre, las empleadas la negasen, no podía ser que Dorita no volviera más a la misa de seis de la Virgen de Fátima los domingos, era obvio que Dorita estaba escondiéndose de él, que su familia la estaba negando, que ella se había asustado o decepcionado de él, como le pasaba siempre con las chicas a las que trataba de conquistar. Dorita había sido la más grande ilusión de su vida y ahora la había perdido, seguramente se había asustado de los balazos que les metió a los tres mañosos, pero un hombre tiene que hacerse respetar y ella debería estar agradecida de que él la defendiera así de esos malandrines jijunas que le querían lamer la almeja, y esa almeja, la de Dorita, era suya, solo suya, del cojo y de nadie más, y aunque Dorita se hiciera la estrecha y la negasen mil veces, él seguiría insistiendo hasta que ella, por cansancio, cediese y aceptase que en el amor el que manda es el hombre y la mujer tiene que abrirse de piernas y alojar la rataza hasta que le guste y se acostumbre y se haga bien puta, porque si algo tenía claro el cojo es que todas las mujeres, y especialmente su hermana Vivian, eran unas putas de campeonato, y Vivian, con sus seis añitos, feliz se sentaba sobre el cojo a montar caballito y el cojo mañoso le hacía sentir a su hermanita la pingaza y a veces hasta se mojaba de la pura arrechura y Vivian le pedía *caballito, caballito, más caballito.* Todas eran putas y Dorita también, solo que todavía no la habían educado en comerse la culebra, pero de eso ya se encargaría él, de sacarle las cojudas ideas religiosas que sus papás le habían metido en la cabeza y la chucha y en enseñarle que la única religión que existía y en la que él creía era la religión del cache duro y parejo, de la pinga masacrándole la almeja virgen a la Dorita que algún día sería de él, solo de él, y de nadie más. Hay que ver las pajas salvajes que se hacía en su madriguera al fondo del jardín la bestia del cojo pensando en Dorita, hay que ver las perversiones y bajezas que se imaginaba con la santa y beata de Dorita, que rezaba para que ese hombre malo, lleno de odio, no se le acercara más. Por eso Dorita sintió un gran alivio cuando un día, a la salida de las clases de francés, se encontró de casualidad con Mario, que no estaba allí de casualidad, porque ya sabía que Dorita no quería saber nada de la bestia del cojo, ya el cojo le había contado la escena de los balazos a los mañosos y ya Mario, que era menos bruto que el cojo, podía imaginarse que Dorita estaba aterrada del cojo y nunca más saldría con él, *así que esta es la mía,* pensó, *ya le di su oportunidad, le di el primer turno, el huevón de Bobby la cagó como siempre y ahora me toca a mí, voy a salir con Dorita porque esa chica es buena y linda y no es pituca ni respingada como las demás y me gusta que no sea una puta convenida que se fija en la plata, porque las que me buscan solo me buscan porque mis viejos cagan plata, y a Dorita se nota que eso no le importa, ella es más espiritual, ella es especial, ella es única y será mía y no del cojo,* pensaba Mario, y por eso averiguó que Dorita tomaba clases en la Alianza Francesa y un día fue a esperarla a la salida, haciéndose el distraído, como quien pasaba caminando por allí, y le pasó la voz, tímido como era, y se saludaron y él la acompañó caminando como un caballero hasta la casa de Dorita en la calle La Paz, y ella se sintió a gusto, en paz, reconfortada, halagada en presencia de ese chico, Mario Hidalgo, que decían que era conflictivo, pero que a ella le parecía bueno y tímido y mucho más guapo que el cojo, porque Mario no era musculoso ni hacía alarde de su virilidad, pero tenía un aire de misterio que a Dorita le resultaba irresistible. Por eso, desde aquella tarde a la salida de la Alianza Francesa, Mario y Dorita empezaron a salir juntos, a caminar por el malecón, a ver la puesta del sol, a ir a la matiné de El Pacífico, a tomar helados, y a Dorita le encantaba que Mario prefiriese caminar con ella que llevarla en su carro con chofer, a Mario no le gustaba ir en un tremendo carro americano de lujo con chofer porque sentía que no tenía la misma privacidad y que era más lindo caminar con Dorita y hablar de cualquier cosa y sentirse una persona normal y no el hijo ricachón de don Alfonso Hidalgo, dueño de medio Perú y con ganas de comprar la otra mitad. A Mario no le interesaba el dinero para nada y no quería trabajar con su padre, a él lo que más le gustaba o lo único que realmente le gustaba era mirar los pájaros, estudiar los pájaros, leer sobre los pájaros, dibujarlos, saber todo sobre la vida de los pájaros, y por eso le gustaba ir al campo en su moto, a veces solo o con Bobby, y después de disparar, sentarse a mirar a los pájaros y observarlos y dibujarlos y tratar de entender todo sobre la conducta de esos pájaros que él quizás envidiaba, porque, así se lo dijo un día a Dorita y con eso quizás la terminó de conquistar, él lo que quería era volar, sentirse libre como un pájaro y volar, y a Dorita esa le pareció la declaración más romántica del mundo y le dijo que ella también había soñado siempre con volar, y que a menudo, estando dormida, soñaba que volaba, volaba sobre las calles de Miraflores, sobre el acantilado, sobre el mar, y era feliz, inmensa e infinitamente feliz, en aquellos sueños en los que volaba, y ahora se imaginaba que su vida sería volar con Mario al lado, libres y alados los dos, unidos por el amor y desapegados de las cosas materiales, que solo traían problemas, conflictos, tensiones, servidumbres, porque eso le encantaba de Mario, que despreciaba el dinero y no juzgaba a las personas según su dinero y era, por ejemplo, muy cariñoso y juguetón con las empleadas del servicio de la casa de los padres de Dorita, que no tardaron en encariñarse con el joven Mario, lo mismo que don Leopoldo y doña Esther, los padres de Dorita, que aprobaban con entusiasmo que su hija estuviera saliendo con este chico Mario Hidalgo, que tenía fama de mataperro, pero que en el fondo era un buen chico y esa mirada noble no podía mentir. Todos estaban encantados, incluyendo a los padres de Mario, que consideraban a Dorita como una chica de buena familia y veían en ella una influencia benéfica en el carácter díscolo y depresivo de su hijo, todos menos el cojo, por supuesto, que no se enteró por Mario de que estaba saliendo con Dorita (y esa le pareció una traición que nunca habría de perdonarle), sino que vino a enterarse una tarde andando en moto, una tarde que pasó por casa de Mario y preguntó por él y una de las empleadas, tonta ella, se olvidó de que debía guardar el secreto y le dijo *el joven Mario se fue a la casa de la señorita Dorita*, y entonces la furia en estado puro se apoderó del cojo, se montó en la moto, manejó hasta la casa de Dorita, preguntó a gritos por ella, le dijeron que había salido, no quisieron decirle adónde, y entonces el cojo dio vueltas en moto por todo Miraflores como un energúmeno, a toda velocidad, hasta que los vio sentados a lo lejos en una banca del malecón. El cojo sintió un ramalazo de asco y una furia ciega al ver a su chica con su mejor amigo, con su único amigo. Fue el momento más triste y humillante de todos los momentos tristes y humillantes que le habían tocado vivir a ese pobre hombre detestado por sus padres. Fue peor aún que ser violado por los marineros borrachos o que sentir que sus padres lo escondían y se avergonzaban de él o contar los meses, los años, en el internado, esperando a que vinieran a visitarlo, y que nunca aparecieran sus padres, como le habían prometido. Esto fue peor: la traición de Mario con Dorita. El cojo apagó la moto, se quedó petrificado, mirándolos sin que ellos advirtiesen su presencia, y cuando vio que Mario tomó de la mano a Dorita y enseguida le dio un suave beso en la boca, que Dorita correspondió con contenida pasión y los ojos cerrados, el cojo pensó que solo le quedaban dos opciones para salvar el honor: arrancar la moto y acelerar y volar con ella por el acantilado y hacerse mierda para que esos dos traidores se sintieran culpables, o vengarse del hijo de puta de Mario. Estuvo a punto de saltar con la moto por el despeñadero rocoso de Miraflores. Si no lo hizo no fue por cobarde sino porque carecía de nobleza para suicidarse, para admitir la derrota y permitir que Mario y Dorita fuesen felices. Si no se mató esa tarde no fue por falta de cojones sino porque el cojo tenía los cojones más envenenados de toda la ciudad, y por eso juró que se vengaría de Mario primero y de Dorita después, porque esa traición no quedaría así, ya le habían roto el culo demasiadas veces para que ahora su mejor amigo y la chica de sus sueños vinieran a romperle el culo de nuevo. *No, carajo, esto no queda así,* pensó, alejándose en moto, tramando la venganza. *Ya se jodió el maricón hijo de puta de Mario. Ya se jodió la puta de mierda de Dorita. Ahora van a ver quién es el cojo, carajo. Ahora van a ver de lo que soy capaz.*

La holandesa llegó a la casa del loco dos meses después de que llegara el loco y tomara posesión de esa casa que nunca nadie fue a reclamarle y que él hizo suya apenas tiró los huesos al río.

La holandesa no llegó sola, llegó con su novio holandés, los dos con mochilas al hombro, caminando por el sendero que acompañaba el curso del río, hablando en un idioma que el loco no podía entender, pero él estaba acostumbrado a no entender nada y a que no lo entendieran, así que eso no fue problema.

El problema fue que la holandesa estaba buenísima y que el loco, apenas la vio, se enamoró mal de ella, y la holandesa y su novio, por muy drogados que estuvieran (y estaban masivamente drogados, porque para eso habían viajado al Perú, para meterse todas las drogas que encontrasen en el camino), se dieron cuenta de que ese loco amable y barbudo babeaba de felicidad no porque fuese un buen anfitrión sino porque nunca en su vida había visto una criatura más bella que esa holandesa llena de marihuana, coca, sampedro, ayahuasca y todas las hierbas, raíces y polvos que le habían recetado y suministrado chamanes y curanderos en su peregrinaje por las montañas peruanas. El problema fue, entonces, que el loco no pudo disimular su arrechura por la holandesa, el loco no era bueno para disimular eso ni nada, y el novio se dio cuenta de que el loco quería hacer anticucho a la holandesa pero, como buen holandés, no se hizo problemas y fumaron marihuana los tres y decidió que pasara lo que tenía que pasar, y lo que pasara, fuese lo que fuese, estaría bien, aun si el loco se culeaba a su novia o se lo culeaba a él, eso era lo bueno del holandés, que no se hacía problemas y dejaba que las cosas, para bien o para mal, pasaran como tenían que pasar, muy sabio el holandés. Lógicamente, el loco, arrecho como un conejo en celo, les dio posada, les sirvió comida, les prestó el colchón que había traído en burro desde el pueblo más cercano apenas se instaló en la casa, les preparó una sopa indigesta que casi hizo vomitar a la pareja holandesa, se portó como un gran amigo y anfitrión, aunque no había manera de que encontraran una palabra que les fuese común a los tres, porque ellos trataban de comunicarse en inglés, pero el loco, como no había ido al colegio, no hablaba un carajo de inglés, y lo poco que hablaba en castellano era tan atropellado que los holandeses creían que ese hombre tan raro, alucinante y peludo era un inca inmortal que hablaba en quechua, en una lengua que venía de siglos pasados y estaba impregnada de sabiduría. O sea que nunca le entendieron nada, pero, tal vez por eso mismo, llegaron a la conclusión de que el loco era un inca, un dios andino, un profeta inmortal, la luz preclara que ellos estaban buscando entre los indios, el hombre sabio de las cavernas que les cambiaría la vida. Los holandeses se fueron quedando y el loco estaba encantado porque solo mirar a la holandesa y no entenderle nada era ya un deleite sobrenatural, y además los dos lo trataban con reverencia, lo miraban con ojos arrobados y lo seguían como dos ovejas mansas obedecen al pastor. El loco era loco pero no idiota y se dio cuenta de que los holandeses traían harta droga, lo que le alegró bastante la vida, y que lo adoraban como si fuese el Gran Jefe Inca de Todos los Tiempos Idos y Por Venir. El loco pensó que no podía tener tanta suerte, porque ahora el holandés era el que caminaba al pueblo para traer la comida y la holandesa se bañaba en el río con él, desnudos los dos, y lo acariciaba con una suavidad y un respeto y una sumisión que dejaban al loco más loco de lo que ya era naturalmente. El loco quería enterrarle la verga a la holandesa, pero ella tiraba todas las noches con su novio y no sabía si ella lo miraba con esos ojitos mansos y reverentes porque quería pichula o porque había quemado cerebro de tanto beber ayahuasca y vomitar hasta el clítoris en los ríos peruanos. Tanta tensión erótica y tanta adoración al Sumo Pontífice Pancho no podían durar muchos días más. El loco podía aguantarse, pero no tanto, y hacía ya mucho tiempo que no remojaba el colgajo y la verdad es que lo necesitaba desesperadamente. Por eso una noche se metió al cuarto donde dormían entrelazados los holandeses, los despertó, les ordenó con señas afectuosas pero cargadas de una autoridad indudable que se pusieran de rodillas, les impartió bendiciones, dijo unas palabras bárbaras y calenturientas que ni él entendió, se bajó el pantalón y procedió a que la holandesa y el holandés se la chuparan por turnos, tarea que ambos cumplieron con esmero y devoción, entregados por completo a satisfacer al Gran Inca Peruano. Luego, como era de esperarse, el Inca Sabio les ordenó que se diesen vuelta, les bajó los pantalones y se los culeó a los dos, primero a la holandesa, naturalmente, y luego, no por ganas, sino por sentido de justicia divina, al holandés, al que le tuvo que romper el culo para hacer respetar su sabiduría de profeta iluminado.

A la mañana siguiente, los holandeses parecían encantados y hacían todo lo que el loco les ordenaba, y el loco no cabía de felicidad porque había encontrado a una mujer muda y hermosa a la que podía cogerse y, de paso, a un esclavo idiotizado que trabajaría por él y se encargaría de abanicarle los cojones cuando hiciera calor, además de conseguirle drogas, porque el holandés, siempre que iba al pueblo a buscar comida, traía algunas cosas para comer y un cargamento considerable de todas las drogas que pudieran fumarse, beberse, aspirarse o tragarse. O sea que el loco pensó que se hallaba en el paraíso y que los holandeses se quedarían allí para siempre, sirviéndolo humildemente y accediendo a sus requerimientos sexuales cuando él lo ordenase. No fue así. Los holandeses estaban convencidos de que el loco era un dios inca y que debían adorarlo y complacerlo en todo, y nunca dejaron de tratarlo con respeto y sumisión, pero no estaban dispuestos a dejar de culear entre ellos y, sobre todo, el holandés quería que el loco fuera su dios pero no quería que su dios le rompiera el culo nuevamente, eso ya era mucho pedirle, una mamada al dios inca podía pasar como una prueba de sacrificio y templaza en la virtud, pero darle el culo otra vez era ya una prueba en extremo dolorosa para la cual el holandés no se sentía apto ni dispuesto. Además, lo más normal les parecía seguir culeando entre ellos, porque se amaban y amaban culear drogados mientras el inca los miraba agitándose la verga, dispuesto a apoderarse de la holandesa en cualquier momento, y eso, los celos humanos, los miserables celos humanos, fueron lo que destruyó el paraíso en que se había convertido la casita del loco frente al río. Pasó lo que tenía que pasar: una noche el loco oyó que estaban culeando, y le entró a patada limpia al holandés, y le dijo *¡NO! ¡NO! ¡NO!*, y el holandés se retorció de dolor y se cubrió los genitales mientras el dios inca seguía repartiéndole patadas sin compasión, y entonces la holandesa salió en defensa de su novio y le entró a bofetadas al loco, y el loco se arrechó de verla así, tan fuera de sus cabales, y le metió un puñete en plena cara y la dejó tumbada, privada, inconsciente, y entonces procedió a meterle la pinga duro y parejo, mientras el holandés lloraba de dolor, hecho un ovillo, y cuando terminó con ella, el loco se paró, con la pinga todavía erguida y mojada, la holandesa ya recuperada del golpe y encantada con el culeo abusivo, y fue entonces cuando Pancho les habló a los dos con unas palabras que nunca supo de dónde vinieron, cómo carajos le salieron: *YOU GO!*, le gritó al holandés, y luego miró con amor a la holandesa y le dijo suavemente *You Stay! You Stay!*, y estaba claro que los holandeses comprendieron el mensaje, porque él rompió a llorar como una quinceañera, se vistió deprisa y salió sabiéndose expulsado del templo, y ella, indignada, se vistió también y miró con cólera y decepción a su dios y osó desafiar su autoridad y se fue meneando el culo roto al lado de su holandés, a la vera del río. El loco se quedó en silencio, pensando que no los vería nunca más. *Soy un huevón*, pensó. *No debí entrarle a patadas al holandés, hay que saber compartir*, pensó. *Si los dos me la mamaban bien, y el holandés me prestaba a su hembra, por qué fui tan huevón y me puse loco de celos*, se preguntó. Pero ya era tarde, ya los holandeses que lo adoraban se habían marchado, y Pancho no sabía si algún día volverían, si algún día volvería a remojar su pichula en un cuerpo tan cálido y estimable como el de la holandesa.

El cojo pasó ese sábado por la mañana por casa de Mario y ordenó que lo despertaran y le dijo a Mario para ir a disparar a Cieneguilla, y Mario no tenía ganas, ya no le divertía tanto andar en moto con el cojo, jugar a los indios y vaqueros disparándose como dos locos de mierda, las balas pasándoles demasiado cerca, ahora Mario solo pensaba en Dorita y tenía ganas de invitarla al cine esa tarde, pero tanto insistió el cojo, *solo serán dos horas, Mario, regresamos para almorzar, después a la tarde haces lo que quieras, sales con la chica que quieras*, le dijo, disimulando el fastidio, odiándolo en silencio, que Mario no tuvo más remedio que aceptar la invitación del cojo, así que se vistió sin bañarse ni lavarse los dientes, sacó una de sus pistolas, se puso casco y se montó en su moto. El cojo se rió por dentro y pensó *no te va a servir de mucho el casco, traidor hijo de puta*, y arrancó su moto, que era más potente que la de Mario, y salieron como dos balas por la avenida Javier Prado, pasándose semáforos en rojo, espantando a los peatones, insultando y escupiendo a los conductores que osaban reprocharles semejante imprudencia para conducir sus motos de alta velocidad. Llegaron en media hora a Cieneguilla y el día estaba soleado, espléndido, no como en San Isidro, que había amanecido neblinoso, y Mario Hidalgo bajó de la moto, se sacó el casco, respiró el aire puro y se sintió un hombre feliz. No tan feliz se sentía el cojo, que no podía quitarse de la cabeza la imagen de su amigo, su mejor y único amigo, besando a Dorita, la chica que había nacido para ser su mujer, la madre de sus hijos. El cojo era hombre de pocas palabras y no pensaba tocar el tema con Mario, simplemente pensaba hacer lo que tenía que hacer para resolver el problema y asegurarse de que Dorita fuese suya y de nadie más. Pero Mario, tímido como era, sorprendió al cojo, mientras cargaban las pistolas, haciéndole una confesión:

—Compadre, quiero que sepas, porque somos como hermanos, que estoy saliendo con Dorita.

El cojo era bruto y no sabía actuar o disimular y la cara se le torció de rabia y no supo qué decir y se quedó un largo rato callado, pensando *traidor conchatumadre, encima tienes la concha de decírmelo como si nada, como si fuera lo más normal que te robes a mi chi-*

ca. Se quedó tan callado y tieso y con tan mala cara, que Mario se dio cuenta de que la cosa le molestaba y por eso le preguntó sin más vueltas:

—¿Te jode?

El cojo metía una a una las balas en la recámara de su revólver y no miraba a su amigo y pensaba que era una pena que las cosas tuviesen que terminar de esa manera, pero él se las había buscado así y todo el mundo era una mierda, todos, incluso Mario, todos querían romperle el culo solo por ser cojo, y ahora él les demostraría quién le rompería el culo a quién, *espérate un ratito nomás, huevón, que mucho más no vas a chaparte a mi Dorita.*

—No, no me jode —dijo, pero se notó que estaba mintiendo, y por eso Mario se apresuró a decirle:

—Yo sé que te jode, yo sé que estabas arrecho por ella, pero Dorita no quiere contigo, compadre, Dorita misma me llamó y me dijo para salir y me contó que le das miedo, que eres un loco de mierda, que no quiere verte ni en pintura.

El cojo lo interrumpió:

—¿Eso te dijo?

Mario continuó, tratando de que su amigo no se sintiera ofendido y entendiera que era Dorita quien lo había llamado y le había dicho para salir:

—Eso me dijo, por mi madre, Bobby. Me llamó un día y me dijo para ir a caminar por el malecón y me contó que habían salido juntos, que unos mañosos la habían piropeado, que tú les habías disparado, que eras un loco de mierda, que no quería verte más, que le dabas miedo, que eras capaz de matar a alguien por las huevas, que eras capaz de matarla a ella si no hacía lo que tú querías.

—Yo nunca mataría a Dorita —sentenció el cojo, muy serio.

Luego miró a Mario con rabia y le preguntó:

—¿Así que estás saliendo con ella?

—Sí —dijo Mario—. Y me gusta un huevo. Es una chica muy especial. Creo que me estoy templando. Nunca había sentido eso por una chica.

—¿En serio? —preguntó el cojo, haciendo girar el tambor de su revólver cargado de seis balas calibre treinta y ocho.

—En serio, compadre. Fácil que termino casándome con ella. Es perfecta para mí. ¿No te jode, no?

El cojo se quedó un rato en silencio, la mirada perdida, y dijo:

—No, para nada. Si la cojuda no quiere conmigo, puedes meterle la rata todo lo que quieras.

Mario se sorprendió de que el cojo hablase así de Dorita, que no era una puta, era una chica bien, de buena familia, de valores morales y cristianos.

—No hables así de Dorita, huevón —le dijo—. Dorita no es una puta. Y no pienso meterle la rata. Estoy templándome de ella. Lo que me gusta es estar con ella, no pensar en cachármela, no seas enfermo, huevón.

—Todas las mujeres son unas putas, y Dorita es la más puta de todas —escupió el cojo.

—Eres un gran huevón —le dijo Mario, furioso—. Lo dices porque estás celoso. Lo dices porque Dorita no te dio bola y me dio bola a mí. Mala suerte, compadre. Jódete. Yo te di el primer turno. Tú la cagaste solito. La asustaste feo. Ahora es mi turno y yo no la voy a cagar.

No, porque el que te va a cagar, y bien cagado, soy yo, pensó el cojo, con una sonrisa malvada, esa sonrisa impregnada de odio a la humanidad que había visto por primera vez en el barco a Londres, cuando los marineros borrachos le rompían el culo y se reían de su pierna corta mientras él lloraba y aguantaba el dolor.

—¿Disparamos? —desafió el cojo.

—Dale —aceptó Mario.

—¿A cuánto quieres para que no te mees de miedo, maricón? —preguntó el cojo.

—No menos de un metro, por si acaso —dijo Mario.

—Como quieras —dijo el cojo—. Pero que pasen cerca, quiero sentir las balas silbándome al lado, por mí apúntame al ladito nomás, no tengas miedo.

—No tan cerquita, huevón —dijo Mario—. Un metro por lo menos.

—Un metro, así será —dijo el cojo, y luego empezó a correr cojeando, a esconderse detrás de unas piedras, mientras Mario corría en otra dirección, a buscar su punto de combate, como hacían siempre, alejándose un poco, pero no tanto, lo suficiente para verse claramente las caras y dispararse bien cerca para sentir la adrenalina de las balas silbando y rebotando y chispeando en las piedras y recordándoles que no había en esa ciudad dos tiradores con mejor puntería que Mario Hidalgo y el cojo, los mejores tiradores de Lima, tiradores con armas y tiradores con putas, *y ahora resulta que este traidor chuchasumadre se quiere tirar a la Dorita*, pensó el cojo.

Mario disparó dos o tres veces y las balas rebotaron en las piedras y el polvo y el cojo no sintió nada parecido al miedo porque una idea fija, obsesiva, se había instalado en su cabeza bruta y rencorosa desde la tarde aquella en que vio lo que hubiera sido mejor que no viera: a su hermano del alma comiéndole la boca a Dorita. El cojo disparó una y dos veces, bien lejos de Mario, para que el huevón se confiase. Mario disparó dos veces más, a distancia prudente del cojo. El cojo decidió meterle miedo y disparó a pocos centímetros de la cabeza de su amigo, que dio un respingo, alarmado, y gritó:

—¡No tan cerca, huevón, casi me afeitas!

Luego el cojo vio en su cabeza toda la sucesión de eventos humillantes que el destino le había impuesto con una crueldad y una saña que parecían no tener fin, vio a su padre insultándolo, vio a su madre despidiéndolo en el puerto, vio a los marineros violándolo, se vio solo en el internado esperando una carta de sus padres que nunca llegaba, vio a Brian tratando de darle un beso, vio a su padre escondiéndolo de sus invitados y prohibiéndole salir a las fiestas, vio a Dorita corriendo a su casa asustada de él, vio a Mario con Dorita, vio a su amigazo Mario robándole a Dorita, vio a Mario, su hermano del alma, comiéndole la boca a Dorita como si fuese una puta más, escuchó el eco de las palabras de Mario diciéndole *fácil me caso con ella, compadre*, y entonces el cojo supo que la vida era una mierda, lo sabía hacía ya mucho, y como la vida era una mierda y todos eran unas mierdas con él, incluyendo a Mario, cosa que la verdad no se esperaba, entonces él tenía que ser una mierda con todos, también con Mario, y jugar el juego con la misma maldad con la que ellos lo jugaban contra él, y ser el más hijo de puta de todos los hijos de puta del mundo y romperle el culo a quien se le pusiera en el camino. *Y mala suerte, Mario, quién te mandó a quitarme a Dorita. Mala suerte, compadre. No hubiera querido tener que hacer esto. Pero tú me obligaste por traidor y por miserable. Y a mí nadie me rompe el culo nunca más. Y quitarme a Dorita y casarte con ella sería peor que romperme el culo, hijo de puta, mariconcito, engreído de mierda, qué chucha te has creído, que porque tus viejos tienen más plata que los míos y tú no eres cojo y yo sí me puedes quitar a Dorita, cuando yo le puse los ojos primero y ella bajó del ómnibus por mí, no por ti, pedazo de mierda. ¿Pendejo eres, Marito? ¿Pendejo te crees? ¿Más pendejo que yo? ¿Pendejito eres, enano de mierda? Vamos a ver ahora quién es más pendejo, conchatumadre.*

El cojo le apuntó a Mario en medio de la frente y apretó el gatillo sin dudarlo, sin que le temblara el pulso, y luego vio cómo la cabeza de Mario Hidalgo estalló y se desplomó y una masa gelatinosa y sangrante quedó desparramada sobre la arena de Cieneguilla.

—Muerto el perro, se acabó la rabia —dijo el cojo, y escupió.

Cuando una mañana, después de cagar en el río, el loco vio a una mujer acercándose, y detrás de ella a tres cachorritos rubios caminando felices, creyó que estaba alucinando, creyó por un momento que era la holandesa que había vuelto con las crías que había parido todo ese tiempo desde que se había marchado. Luego los vio más de cerca y comprendió que la gringa no era la holandesa, era la gringa, su gringa, Lucy, la gringa que todavía era su esposa legalmente y que le había dado tres hijos, y los cuatro venían caminando y él estaba desnudo en el río, limpiándose el culo, con la barba tan crecida que parecía un profeta, preguntán-

dose de pronto *cómo diablos me han encontrado Lucy y
los cachorros, cómo mierda se han enterado que aquí vivo
yo, por qué mierda vienen a verme si yo ya no soy yo, si no
quería verlos nunca más.* O sea que Pancho no se alegró
un carajo al ver a su familia después de cuatro años
desde que la había abandonado, y más bien se asustó y
pensó que detrás de Lucy y los chicos vendría la policía
para arrestarlo por robar un banco. Pero, pasado el susto, y una vez que se vistió y se lavó las manos para no
abrazar a sus hijos con las manos apestándole a caca, el
loco comprendió que la gringa y sus cachorros no venían a pegarle o a putearlo o a reclamarle nada, venían
en son de paz a darle abrazos y besos y a decirle cuánto lo querían, cuánto lo habían extrañado, *qué gringa
tan rara esta Lucy que no está molesta conmigo porque
la abandoné, será que la carcome la conciencia porque la
encontré mamándosela al hijo de puta de mi viejo.* Todo
fue paz y amor, una reconciliación llena de risas y alegría, el loco no lo podía creer, los chicos se le trepaban
encima, estaban enormes, lo abrazaban, lo besaban,
le jalaban los pelos de la barba, se metían a la casa, se
reían de las condiciones tan precarias en las que vivía
su papá, se reían a gritos de las arañas que salían de
todas partes, las mataban jubilosas las chicas, Panchito Chizito estaba inmenso, Elizabeth parecía que no
quería separarse más de su papá y lo miraba con amor
y adoración y Soledad iba al río a traer agua en una
batea que se ponía en la cabeza y Lucy ordenaba las
pocas cosas que había en la casa y por suerte no encontró el dinero que Pancho tenía enterrado en una bolsa
de plástico ni le preguntó por la plata ni por el banco
ni nada de eso. Cómo carajo lo habían encontrado, se
preguntaba el loco, en silencio. Fue Lucy quien le dio la

mala noticia: Pedrito, su amigo, el músico, había muerto de cáncer unos meses después de que el loco desapareciera, y antes de morir le había confesado a su mujer que el loco había tomado un tren a Huancayo, pero Pedrito le había hecho jurar a su mujer que nunca se lo diría a Lucy, y la mujer había guardado el secreto algún tiempo, pero cuando ella enfermó también de cáncer, y la sometieron a quimioterapia y se quedó calva y vomitó todo, sintió que debía llamar a Lucy y decirle el secreto que le había confesado Pedrito antes de morir. Fue así como Lucy supo que Pancho había escapado a Huancayo. Apenas lo supo, se lo contó a su suegro, don Ismael, que seguía siendo el sostén económico de ella y sus tres hijos (y que a cambio de eso a veces le manoseaba el sostén, lo que a Lucy le parecía un intercambio razonable y por eso se dejaba nomás, pragmática la gringa, negocios son negocios y alguien tenía que pagar el colegio de los chicos y *las tetas, si no me las acaricia un hombre, se me marchitan*, pensaba), y don Ismael le dio la información a la policía de Huancayo, que, más que información, lo que necesitaba desesperadamente era que don Ismael le diese un buen dinero para echarse a buscar al loco peludo de su hijo, que decían que andaba viviendo en las afueras de Huancayo. Lógicamente, don Ismael tuvo que aceitar bien a todo el cuerpo policial de Huancayo para que esos policías brutos, corruptos y alcoholizados, después de meses de búsqueda, diesen con el paradero de un sujeto que parecía responder a la descripción o identikit del loco Pancho Martínez Meza, que decía ser el Hijo de Jesucristo en Huancayo. Fue así como Lucy supo dónde se hallaba viviendo su esposo, que todavía lo era legalmente, y fue entonces cuando ella decidió, contra la opinión de don

Ismael y doña Catalina, y por el bien de sus tres cachorritos, que debía ir hasta la punta del quinto cerro a
encontrar a Pancho y a que sus hijos descubrieran que
ella no les mentía, que no les mentía cuando les decía
que su papá no había muerto, que no les mentía cuando les decía que su papá se había enfermado de la cabeza y estaba en una clínica en la sierra recuperándose
y pronto irían a visitarlo. Valiente y aguerrida fue Lucy
cuando se subió al tren con sus hijos, se presentó ante
el comisario de Huancayo y le pidió que la llevase a la
casa de su marido desaparecido. El comisario, al ver a
ese bombón, le rogó que hablaran a solas de un asunto
muy delicado en su despacho, y enseguida pasaron ella
y él a un cuarto viejo y que apestaba a alcohol barato.

—Con mucho gusto la llevaré hasta donde su
esposo —le dijo el comisario.

—Bueno, entonces vamos —dijo Lucy, impa-
ciente.

—Es lejos —dijo el comisario—. Caminando
son cuatro días.

—Entonces vamos en carro —dijo Lucy, auto-
ritaria—. Vamos en su carro.

—No llega el carro —dijo el comisario—. No
hay camino. No hay trocha. No hay nada.

—Entonces, ¿cómo vamos a llegar? —se crispó
Lucy.

—En burro —dijo el comisario—. A lomo de
burro llegamos en dos días.

—Bueno, vamos —dijo Lucy.

—Antes necesito pedirle un favorcito, si quiere
que le consiga los burros y la guíe hasta la casa de su
esposo —le dijo el comisario, seseando.

—¿Necesita plata? —preguntó Lucy.

—No, no, qué ocurrencia, señorita —dijo el comisario.

—Señora —lo corrigió Lucy.

—Lo que necesito es una chupadita, si no es mucha molestia —le dijo el comisario, bajándose la bragueta.

Lucy vio esa pinga insolente, encapuchada, apuntándole como si fuera un arma de fuego, y le dio un poco de asco, *este cholo piojoso y pezuñento seguro que no se ha bañado hace una semana*, pensó.

—Guarde usted su pichula, señor comisario —le ordenó.

—Entonces no hay burros ni le digo dónde vive el huevas de su marido —retrucó el comisario, sin esconder el colgajo desafiante.

Lucy dudó un momento, evaluó el costo y el beneficio.

—Chupe nomás, señora —rogó el comisario—. Es recomendable para el mal de altura —añadió.

Todo sea por el bien de mis hijos, pensó la gringa, y se puso de rodillas, y una vez que tuvo la pichula en la boca, se sintió mejor, sintió que le pasaba el mareo y que ese caramelito la curaba del soroche, *quién hubiera dicho que mamar pinga era bueno para el mal de altura*, pensó, atorándose, haciéndole señas para que el jodido comisario no le terminase en la boca.

Cuando acabó, se montaron en los burros y el comisario los llevó pacientemente hasta donde vivía el loco.

Esa noche, mientras los tres niños dormían en el colchón, Lucy se sintió un poco mareada, tal vez por la altura o por la sopa horrorosa que había preparado el loco o por la fatiga del viaje o por el recuerdo del comisario lujurioso. Lo cierto es que, por las dudas, y para confirmar si el comisario tenía razón, le mamó la pinga a Pancho después de tanto, tanto tiempo. El loco cerró los ojos y pensó en la holandesa que seguramente ya nunca volvería. La gringa cerró los ojos y pensó en su suegro. Al terminar, se le habían pasado los mareos y se durmieron abrazados, como si recién se hubiesen casado y estuvieran de luna de miel.

Cuando el cojo vio a Mario tirado en medio del polvo y la sangre, no sintió pena ni remordimiento, sintió que había hecho justicia, que los amigos verdaderos no se roban a las hembras de sus amigos, y Mario sabía, debió saber, que Dorita era su hembra y nadie se la iba a robar.

—Chucha, perdón, fue una bala perdida, Marito —dijo el cojo, y se rió con una risa de hiena, y luego escuchó el eco de su risa malvada, vengativa.

Después ejecutó el plan tal como lo había diseñado la noche anterior: se quitó el guante, puso su pistola en la mano de Mario, recogió la pistola de Mario, subió a su moto y fue corriendo como un loco de mierda, feliz de la vida, sintiendo que había hecho algo digno de sentirse orgulloso, a la casa de los padres de Mario, a decirles llorando, porque el cojo era bruto pero eso le jugaba a su favor y por eso nadie desconfiaría de que estaba diciendo la verdad, a decirles llorando que Mario se había suicidado en Cieneguilla y que *puta madre, don Alfonso, no pude hacer nada, de repente se apuntó a la cabeza y disparó y no me dijo ni una palabra de por qué se mató así delante de mí, carajo.* Como Mario era un chico conflictivo y depresivo y había tratado de matarse varias veces tomando pastillas y cortándose las venas, y siempre que discutía con sus padres les decía que se iba a suicidar, don Alfonso Hidalgo y su mujer, doña Lucrecia, no dudaron ni un instante de que la versión del cojo era verdadera y que Mario se había pegado un tiro en la frente porque estaba aburrido de ser un chico millonario, engreído, sin nada que hacer. Tampoco los padres del cojo dudaron de que Mario se hubiese suicidado, *esos dos eran unos locos mataperros capaces de cualquier salvajada,* pensó don Bobby, que jamás imaginó que su hijo había matado a Mario en venganza por enamorarse de Dorita. Pero ella, Dorita, nunca se creyó el cuento de que Mario se había suicidado, y por eso el día que lo enterraron en el cementerio de La Planicie, Dorita no lloró de la rabia que la consumía al ver al cojo haciéndose el condolido, sonándose los mocos con un pañuelo, exagerando el llanto, aunque en realidad él no lloraba exagerando, lloraba de verdad porque le daba pena haber perdido a su mejor amigo, hubiera preferido no tener que hacer justicia de esa manera, y lloraba porque lo iba a extrañar, porque nunca más tendría un amigo como el loco de mierda de Mario. O sea que el cojo lloraba de verdad, apenado de haber perdido a su mejor amigo, pero no por eso estaba arrepentido de haberlo matado. Al contrario, estaba orgulloso de lo bien que le había clavado el balazo en la frente y de lo perfecto que le había salido el plan, pues todos le habían creído y por eso no le habían hecho autopsia y nadie dudó de la versión que el cojo contó. Nadie, salvo Dorita, que lo miraba en el cementerio y pensaba *seguro que tú lo mataste, cojo malo, segu-*

ro que tú lo mataste. Por eso cuando los padres de Dorita se acercaron a don Alfonso y Lucrecia Hidalgo y le dieron sus más sentidas condolencias, Dorita se negó a abrazar al cojo y no le dijo nada, solo lo miró bien feo, como nunca había mirado a nadie, y el cojo la miró más feo todavía, como diciéndole *me chupa un huevo que tú creas que yo lo maté, Dorita, puta de mierda, porque ahora te vas a comer esta rataza que tengo para ti y vas a ser mi hembrita toda la vida, lo quieras o no.* Y entonces el cojo tuvo la osadía de dar dos pasos desiguales y abrazar a Dorita bien fuerte y hacerle sentir que el culebrón se le había despertado y le dijo al oído:

—Mi pésame, Dorita.

Ella se quedó muda y aterrada sintiendo cómo ese hombre malo, que había matado sin duda a Mario, la estrujaba y le hacía sentir la violencia de su culebra viva entre las piernas. No pudo decir nada ni liberarse de ese abrazo que era como el anuncio del secuestro que el cojo había planeado para hacer suya a Dorita.

Luego el cojo le dijo, sin remordimiento:

—Ahora Mario está con Nuestro Señor, en la gloria eterna. Y lo mejor que podemos hacer nosotros para honrar su memoria es estar juntos toda la vida.

Dorita se quedó impresionada de lo bonito que habló el cojo, que era demasiado bruto para hablar así, pero es que el cojo había planeado todo perfectamente, no solo el guante, el disparo en la frente, el cambio de pistolas, también este discurso que recitó de memoria al oído de la mujer que ahora era suya y lo sería por el resto de su puta vida, *qué pena por ti, Marito, pero al menos te diste el gusto de comerle la boca a Dorita y además te moriste rapidito, sin sentir nada, al menos agradéceme que tengo una puntería del carajo, mucho mejor que*

*la que tenías tú, mariconcito traidor culorroto, ahora se
te van a meter los gusanos por el culo.*

Ni siquiera tres días aguantó el loco la visita inesperada de su familia. No era que no los quisiera, los quería, pero lejos de él, en la ciudad, sin alterar su rutina de monje anacoreta, sin venir a joderle la vida con quejas y reclamos. Porque, como era previsible, las chicas ya estaban espantadas por las arañas y alacranes y toda clase de alimañas que se paseaban por la casa y por eso daban gritos y le decían a su padre que era un cochino apestoso por vivir rodeado de insectos venenosos, y su hijo Panchito se pasaba el día cagando en cuclillas y vomitando porque todo lo que cocinaba su padre le caía pésimo, y la gringa Lucy encontró unos calzones que había dejado olvidados la holandesa y que el loco de vez en cuando olía extasiado, evocando a aquella mujer que le procuró tan impensados placeres, y montó en cólera y descargó sobre su esposo una retahíla brutal de insultos y recriminaciones, un torrente de vulgaridades, le vomitó en la cara todo el rencor que se le había empozado desde que Pancho le hizo tres hijos y se negó a trabajar y la obligó a trabajar a ella en funciones que le parecían indecorosas y para colmo terminó abandonándola todos esos años, sin importarle un comino el bienestar de sus hijos ni el de ella, regalándole el auto a su mejor amigo, *eres el peor error que he cometido en mi vida*, chilló la gringa, *me has jodido la vida, loco de mierda*, le espetó, *me has hecho tres hijos y me has condenado a ser pobre y vivo de la caridad del viejo mañoso de tu padre*, le gritó, *debería matarte por todo lo que me has hecho, loco de mierda.* Pancho sintió que le zumbaban los oídos, sintió un pitido que le perforaba la cabeza como si le estuvieran taladrando un orificio en el cerebro, escuchó todas las voces chillonas y quejumbrosas estallando en sus oídos, Elizabeth gritando *¡esta comida es un asco!*, Soledad gritando *¡hay una araña caminando en la cama!*, Panchito gritando *¡no hay papel higiénico!*, *¿con qué me limpio el poto?*, Lucy gritando *¿de quién es este calzón, degenerado?*, todos los gritos sonaban a la vez en su mente atormentada y terminaron por volverlo, si cabía, más loco, totalmente loco.

Fiel a su estilo, no dijo una palabra. Pensó que no podía vivir con esa familia y que tenía que desaparecer de nuevo y lo más pronto posible. Pensó que si no desaparecía, terminaría matándolos a los cuatro, y eso era algo que no quería hacer, porque, a su manera, él los quería, quería a la gringa, quería a sus tres cachorritos, pero no podía vivir con ellos ni hacerse cargo de ellos ni sacrificarse por ellos resignándose a una vida mediocre en la ciudad. *O los mato o me mato yo*, pensó el loco, y no se engañó pensando que podía reformarse y volver a la ciudad con ellos ni que ellos podían acostumbrarse a su vida ermitaña en la casita frente al río.

Ahorita regreso, dijo el loco, y se aventó al río y se dejó arrastrar por la corriente, resignado a morir.

Mejor morir ahogado que vivir ahogado, pensó, mientras las aguas lo alejaban de su esposa y sus hijos.

Nadie lloró su partida intempestiva. La gringa, furiosa por el hallazgo del calzón de la holandesa, le deseó la muerte al loco, se alegró de verlo desaparecer río abajo, sentenció que el loco se había suicidado por egoísta, vago y cobarde, y les informó a sus hijos que la visita familiar había concluido y que se volvían a Lima y ahora eran huérfanos de padre. Los chicos, aterrados de dormir entre arañas y alacranes y hacer sus necesidades en el río, lamentaron la partida de su padre (pero esto era algo a lo que ya se habían acostumbrado) y se alegraron de emprender el camino de regreso al departamento de Miraflores.

Una semana después, don Ismael y doña Catalina publicaron en el diario *El Comercio* de Lima una esquela de defunción anunciando "el sensible fallecimiento de Francisco Martínez Meza, confortado por los auxilios de nuestra santa religión". Luego asistieron a una misa convocada para honrar la memoria de Pancho y orar por la salvación de su alma.

Al mismo tiempo, o casi al mismo tiempo, el loco recobró el conocimiento (o abrió los ojos y se sorprendió de seguir vivo), se recuperó de los golpes y heridas y regresó a duras penas hasta su casita en el río. Cuando llegó y no vio a nadie se sintió más feliz que nunca, a pesar de que le dolían todos los huesos. *La gente solo trae problemas*, pensó. *Yo he nacido para estar solo*, se dijo. *Las hembras solo joden y joden, nunca más voy a culear*, reflexionó. Luego se tumbó en el colchón apestoso y durmió tres días con sus noches, sin saber que en Lima era ya oficialmente un hombre muerto.

Pasado el duelo que tuvo que fingir por la muerte de su mejor amigo, el cojo empezó a llamar a casa de Dorita, pero siempre la negaban. Él no era tan bruto y sabía que Dorita estaba allí y las empleadas tenían órdenes de negarla cuando él llamase, así que decidió darle una sorpresa, porque el cojo no iba a desmayar en su empeño de conquistarla por las buenas o por las malas, todo era cuestión de tiempo, las cosas caerían por su propio peso, ya había caído Mario, ahora era solo cuestión de que Dorita dejara de hacerse la estrecha y entendiera que no tenía elección, que tenía que casarse con él y ser su hembra toda la vida *y no conocer otra pinga que la culebraza que me manejo, que con esto te basta y sobra para ser feliz, putita santurrona rezarrosarios.* Sabiendo como sabía que Dorita era muy religiosa y no faltaba a misa no solo los domingos, sino incluso los días de semana, el cojo se tomó la molestia de andar en moto por las parroquias de Miraflores hasta descubrir cuál era la que ahora visitaba a escondidas Dorita para orar compungida por el eterno descanso del alma de Mario, que ella estaba segura que había sido asesinado por la bestia del cojo. Lo cierto es que el cojo, que como no trabajaba ni estudiaba se pasaba el día entero vagando, tomando tragos del bar de su padre, fumando cigarros, haciéndose pajas, nadando en el club de natación del Brujo Lavalle, levantando pesas para seguir teniendo esa caja y esas espaldas que metían miedo cuando lo veían en ropa de baño cojeando por la playa La Herradura, con ese cojo nadie se metía, mejor era ni mirarlo porque te rompía la cara solo si no le gustaba tu cara, el cojo, al que le sobraba tiempo y no le faltaba plata porque su madre siempre le metía en la billetera billetes nuevos que don Bobby le traía del banco, don Bobby era un caballero y solo le daba a doña Vivian billetes nuevos, recién impresos, que olían a nuevo, y doña Vivian era una madre querendona y compasiva con el cojo y por eso, sin que su marido se enterase, le metía bastantes billetes en la billetera al cojo, para que no le faltara nada en sus mataperradas, aunque ella no sabía que la mayor parte de esos billetes nuevos terminaban en las manos de las putas a las que el cojo visitaba muy a menudo en el burdel más elegante de San Isidro, donde lo trataban como si fuera una príncipe y le hacían unas mamadas gloriosas y siempre dejaba buenas propinas y era atento y caballeroso con las putas, como si sintiera una secreta complicidad con ellas, como si su condición de marginal e indeseable hiciera que sintiera simpatía por esas pobres mujeres que ejercían un oficio marginal e indeseable, lo cierto es que el cojo, vago y con plata y con la determinación de hacer suya a Dorita antes de que otra piraña le cayera encima, no tardó en descubrir que la parroquia a la que ahora asistía Dorita todas las tardes a las cinco y media era la Medalla Milagrosa, porque el cojo hizo su tarea y fue en moto a todas las iglesias, parroquias, templos y sacristías de Miraflores y San Isidro hasta dar con la que ahora había elegido Dorita para rezar a escondidas de él. Pero del cojo nadie se escondía, el cojo haría lo que fuera necesario para que Dorita fuese suya. Por eso cuando la vio sola, sentada en la primera fila, con su mantilla negra cubriéndole el rostro, el cojo apagó la moto, dijo *esta es la mía* y caminó a su manera chueca y llamativa por el pasillo lateral de la iglesia, hasta llegar a la fila de Dorita, que tan concentrada estaba en sus oraciones que ni cuenta se dio de que ahora tenía al cojo asesino sentado a su lado. Cuando abrió los ojos y lo vio, casi soltó un grito de terror y quiso salir corriendo, pero el cojo la tomó de la mano y le dijo *tranquila, Dorita, vamos a rezar por Mario, ponte de rodillas, recemos por Mario que está en el cielo con Nuestro Señor*, y a Dorita no le quedó más remedio que obedecer a su nuevo jefe y patrón, hincarse de rodillas y, tomada de la mano del cojo, rezar por la salvación eterna del alma de Mario, y rezar también para que el cojo la dejase en paz y no la siguiera torturando, pero esto último se veía más difícil y por eso le pidió a la Virgen que hiciera un milagro y que por favor convirtiera al cojo en un hombre bueno y lo alejara de su vida y lo hiciera enamorarse de otra chica, pues chicas lindas y pitucas había muchas y alguna seguro que podría enamorarse de él, de sus músculos, de su aire de machazo, de su buena familia, de la reciedumbre y virilidad que ese animal exudaba y que a ella, lejos de atraerla, ahora le resultaban asquerosas, repugnantes. Después de rezar por Mario, y cuando llamaron a comulgar, Dorita se sorprendió de ver que el cojo caminó a comulgar tomado de la mano de ella, y por un momento dudó de que hubiese matado a Mario, por un momento dudó de que fuese tan malo como ella creía y pensó que quizá la Virgen había hecho el milagro. Por eso cuando lo vio comulgar y luego arrodillarse y rezar con los ojos cerrados, y vio que una lágrima caía por la mejilla del cojo, Dorita pensó que él no podía haber matado a Mario, que Mario se había suicidado, que si el cojo había comulgado y lloraba así por su amigo era en el fondo un hombre de buen corazón, que, pobrecito, cómo estaría sufriendo por la ausencia de su mejor amigo, de su único amigo. Entonces Dorita sintió lástima por el cojo y por eso cuando salieron de la Medalla Milagrosa y él le dijo para llevarla en moto a su casa, ella no dudó en aceptar, como tampoco dudó en aceptar cuando, ya en moto, ella abrazada a las tremendas espaldas del cojo, oliendo su nuca, sintiendo los músculos de su barriga, apreciando que no fuese a tan alta velocidad, el cojo le dijo para ir al Country a tomar el té, y si algo le encantaba a Dorita era ir a ese hotel tan elegante a tomar el té, así que no dudó en decirle que sí, que encantada, y de repente todos sus malos pensamientos sobre el cojo se le esfumaron y sintió que tal vez podía confiar en ese hombre lisiado y violento pero, en el fondo, bien en el fondo, parecía que de buen corazón. Llegando al Country se sentaron en una mesa con vista al jardín, tomaron té y comieron sanguchitos y dulcecitos, y el cojo se portó como todo un caballero, y dejó que ella hablase, le preguntó por sus estudios, por sus padres, por sus clases de francés y de equitación, pareció verdaderamente interesado en la vida de Dorita, y eso a ella le resultó muy halagador, porque nadie en su casa se interesaba demasiado por ella, eran muchos hermanos y don Leopoldo andaba siempre en sus haciendas al norte y doña Esther, abrumada de compromisos sociales y obras benéficas y niños que seguía pariendo a un ritmo parejo de uno cada dos años. Cuando terminaron de tomar el té, el cojo pidió la cuenta y dijo que tenía que ir al baño un momento. Pero no fue al baño, fue a recepción, pidió la *suite* presidencial, pagó en efectivo, le dieron la llave y dijo que solo la usaría una hora, y de paso le dio una buena coima al moreno que lo atendió y que por supuesto sabía que el cojo era hijo de don Bobby, distinguido cliente del hotel, y que tenía que complacerlo en todos sus caprichos y extravagancias, por ejemplo pedirle la *suite* presidencial por una hora y aceitarle la mano con un buen billete que nada mal le venía al moreno recepcionista. Ya con la llave en la mano, el cojo supo que las cosas caerían por su propio peso. Regresó al salón de té, pagó la cuenta y, no bien Dorita se puso de pie, la tomó de la mano y le dijo: *Ven conmigo, quiero darte una sorpresa.* Dorita sintió vértigo y mareos y náuseas pero no pudo desprenderse de esa mano que la apretaba férreamente y la conducía a un lugar que ella ignoraba pero que su intuición le decía que no podía traer nada bueno.

—¿Una sorpresa? —preguntó, con la voz temblorosa.

—Sí, una sorpresa —dijo el cojo, cojeando, subiendo las escaleras—. Te voy a enseñar la vista que tiene la *suite* presidencial. Se ve toda la cancha de golf. Es preciosa. Dicen que aquí viene a dormir siempre el presidente.

Dorita no dijo una palabra y pensó que tal vez el cojo quería halagarla enseñándole la vista de la *suite* presidencial y que la Virgen había escuchado sus plegarias y había obrado el milagro de purificar el corazón envenenado, lleno de odio, de ese hombre de piernas desiguales. Pero muy pronto comprendió que no había milagros que funcionasen con ese cojo hijo de puta, porque apenas abrió la puerta, cerró con llave, la llevó a la ventana, la abrazó por detrás, le hizo sentir la culebra viva reptándole por fuera del vestido negro de puntitos blancos y entonces Dorita comprendió que el cojo no quería mostrarle la vista al campo de golf, lo que quería era mostrarle la tremenda culebra que ya le había hecho sentir y que ahora le empujaba sin vergüenza ni consideración por detrás, mientras le manoseaba las tetas y le decía al oído, con aliento a alcohol:

—Qué rica eres, Dorita. No sabes cómo me arrechas. No sabes cómo pienso en ti todo el día. No sabes todas las pajas que me he hecho pensando en tu culito de beata rezarrosarios. Ese culito va a ser mío, Dorita. Ahora vas a ser mía, puta de mierda.

—¡Déjame, mañoso, desgraciado! —gritó Dorita lo más fuerte que pudo, pero fue en vano, porque el cojo era una bestia de fuerte y le tapó la boca, la empujó a la cama y ejecutó fríamente el plan que había urdido con maldad durante tanto tiempo celando a esa mujer, pensando en cómo romperle el culo: sacó la cinta negra adhesiva, le tapó la boca, no le golpeó la cara para no dejar marcas que lo delatasen, la tumbó en la cama mientras ella se resistía débilmente y le daba arañazos y patadas que eran como caricias para él, un toro, una bestia salvaje, y luego sacó de su mochila las soguillas que ya había recortado, y dio vuelta a Dorita, la ató en la cama de pies y manos, y cuando la vio así, boca abajo, convulsionándose, moviéndose asustado bajo el vestido el culito que pronto sería suyo, sintió algo parecido al orgullo y la felicidad, sintió un estallido de euforia, sintió poder, sintió que aun siendo cojo y culorroto él podía conseguir lo que se proponía cuando planeaba bien las cosas y las ejecutaba a sangre fría y con cojones. Luego miró su reloj y calculó que tenía una hora para gozar rico de Dorita y enseñarle lo bien que él sabía mover la culebra, que los ocho centímetros que no tenía en la pierna derecha se los habían compensado en esa tercera pierna. Mientras Dorita lloraba, rezaba y gemía, el cojo la desvistió delicadamente, sin romperle la ropa, para no dejar huellas de la violencia, y cuando la tuvo desnuda, siempre tendida boca abajo, hizo algo que no había planeado: se arrodilló encima del culo angelical de Dorita, se hizo una paja y la bañó de leche en las nalgas y la espalda. Pero no lo hizo para no penetrarla: se hizo esa paja para durar más cuando se la metiese. Y en efecto luego se la metió sin andarse con cuidado ni de a poquitos, se la hundió de un buen empujón que hizo estremecerse y chillar sin que la oyeran a Dorita, y luego se la montó duro y parejo como todo el tiempo había soñado cachársela cuando se hacía mil pajas pensando en ella, y pensó en Mario abaleado, y sonrió pensando que ahora era él y no Mario quien se movía en esa chuchita que se le empezaba a abrir y a mojar por mucho que la santita se resistiera, porque bien que le iba gustando la pinga, ya se iría acostumbrando, y así la tuvo, dándole y dándole, sintiendo que ella ya no se resistía tanto y que hasta se le abría y le acompañaba los movimientos y quizá gozaba de su culebrón, hasta que no pudo aguantar más y se vació enterito en la concha de Dorita, que se había preservado virgen durante dieciocho años y seis meses y que en ese momento pasaba a pertenecerle a él y a nadie más. No contento con llenarla de leche en la espalda y luego la vagina, y arrecho como un animal, el cojo vio que le faltaba media hora y que Dorita había dejado de resistirse y se había abandonado a un llanto débil y poco convincente, bien que la puta estaba gozando, y luego le vio el culo, precioso culo blanco, erguido, culito de monja, culito con pecas, culito que nunca nadie había roto ni lamido, y entonces el cojo se arrechó de nuevo, como el sátiro que era, peor todavía que los depravados que le enseñaron esas formas de ruindad y abyección en el barco rumbo al internado, y le lamió el culo a Dorita y luego se lo ensalivó bien y cuando le enterró la verga y sintió cómo Dorita dio un respingo y ahogó un alarido de dolor, el cojo dijo para sí mismo: *Tu chucha es mía y tu culo es mío, Dorita. Ahora eres mía para siempre.*

Y curiosamente Dorita sintió que si ese hombre la había poseído tan brutalmente después de rezar con ella en la Medalla Milagrosa, era porque el Señor y la Virgen así lo habían dispuesto, ellos en su infinita sabiduría le habían puesto esa terrible prueba de sufrimiento, y no dudó ni un instante en que a partir de ese momento su misión en la vida sería querer, comprender, perdonar y purificar a ese hombre violento y atormentado que le había robado la virginidad y la había convertido, muy a su pesar, pero misteriosos eran los designios del Señor, en su mujer, en su mujer para toda la vida, porque ella siempre había pensado que el hombre que la desvirgase sería el que Dios le había enviado, y si Dios había elegido al cojito, por algo sería, y ella amaría al cojito porque esa era su misión y ella quería ser una santa y complacer siempre los inescrutables deseos de Dios Nuestro Señor.

—Vístete —le dijo el cojo, cuando la desamarró, y Dorita se vistió sin quejarse y sorprendió al cojo dándole un beso en la mejilla y diciéndole:

—Te perdono. Y te amo. Porque Dios me ha enseñado a perdonar y amar a mi prójimo.

El cojo se quedó helado, sorprendido, sin saber si Dorita estaba burlándose de él o tendiéndole una trampa o qué, pero luego sonrió y pensó: *Bien que le ha gustado que le rompa el culo a la santita, me perdona porque quiere más, ya te voy a dar más pinga, santita, no sabes los kilómetros de pinga que te vas a comer conmigo.* Cuando salieron tomados de la mano del hotel, parecían una pareja feliz, y en cierto modo lo eran, porque el cojo había conseguido romperle el culo a Dorita y ella se había convencido de que él era el hombre que Dios había elegido para ella y que ahora su obligación era amarlo para toda la vida.

Unos meses después de abandonar el Perú y volver a Ámsterdam, la holandesa parió a un crío peludo y pingón que, por supuesto, no era hijo de su novio sino del loco. Aunque genéticamente no podía probarlo, la holandesa no dudó un segundo de que ese bicharajo de una fealdad escalofriante no podía ser hijo de su novio holandés, tenía que ser hijo del dios inca: la nariz puntiaguda, los ojos alucinados, la cara peluda, la verga descomunal, todo en ese bebé se parecía demasiado al loco que se la había montado repetidamente a orillas de un río andino y que, ahora estaba claro, la había dejado encinta. El holandés, tal parecía ser su aciago destino, aceptó sin quejarse esa nueva humillación y se resignó a oficiar de padre de ese hijo que, bien sabía, no era suyo. La holandesa decidió que no le diría nunca a su hijo que su verdadero padre no era el que ella le había dicho, sino un loco barbudo al que había conocido en un viaje alucinado por las montañas del Perú. El niño fue creciendo y todo en él, sus gestos, su cara, su tartamudez, su pelo trinchudo, su locura, su arrechura insolente, parecía confirmar de un modo indudable que no podía ser hijo de quien le habían dicho. Era una copia fiel de Pancho Martínez Meza, era idéntico a su padre, aunque esto solo lo sabían la holandesa y su novio, y como el asunto resultaba doloroso, preferían no hablar del tema. El holandés supo aguantar considerable castigo sin dar lástima ni pedir compasión, pero ya fue demasiado cuando encontró a su hijo, que no era su hijo, haciéndose una paja rabiosa al tiempo que espiaba a su madre desnuda en la ducha. *Es un degenerado como el dios inca que me violó*, pensó. *Es un sátiro amoral como el profeta que me poseyó*, reflexionó. *No puedo seguir simulando ser su padre*, concluyó. Luego se mató de una sobredosis de heroína, que fue una manera de decirle a la holandesa que nunca le perdonaría no el hecho de haberse tirado al loco peruano, sino el hecho oprobioso e incomprensible para él de haberse masturbado gozosa viendo cómo el loco peruano le metía la verga a él, un pobre holandés enamorado y drogado que se dejó violar por amor a su chica. Por eso prefirió matarse, porque en el fondo despreciaba a la mujer a la que seguía amando y al hijo que no era suyo.

El cojo tenía miedo de que Dorita lo acusara de violador y de que la sometieran a unas pruebas y confirmasen que había dejado restos de semen en ella, y por eso había planeado defenderse, sobornando al moreno recepcionista del Country, diciendo que el encuentro había sido de mutuo acuerdo, que ella había aprobado la relación sexual, pues de otro modo no se explicaba que lo hubiera acompañado libremente al hotel y luego a la *suite* presidencial, y que ella había salido contenta del hotel, de lo que podía dar fe el moreno recepcionista, que los vio salir tomados de la mano, pensando *serás cojo pero no bruto, Bobby, has salido pingaloca como tu viejo.* Pero los temores del cojo se desvanecieron bien pronto porque Dorita no solo no lo acusó ante nadie de haberla violado sino que lo sorprendió llamándolo por teléfono e invitándolo a ir juntos a la misa de las cinco y media en la Medalla Milagrosa. *Me jodí*, pensó el cojo. *Esta no me va a denunciar, pero me va a chantajear obligándome a ir a misa todas las putas tardes.* Así que, caballero, el cojo se puso su mejor chaqueta de cuero, se peinó con gomina, se subió a la moto y fue a buscar a Dorita para llevarla a misa. Dorita todavía sentía los dolores en la entrepierna y el ano por las bestialidades que le había hecho el hombre que el Señor le había enviado para medir la resistencia de su fe, pero las sobrellevaba con estoicismo y fortaleza espiritual, como pruebas de fe a las que había sido sometida y que no debía cuestionar. Así, todas las tardes se hizo costumbre que Dorita y el cojo fueran a misa y luego a tomar el té, y como el cojo se sentía tan querido por Dorita, que lo tomaba de la mano y le decía *mi amor, mi bebé, mi angelito,* ya no sabía si decirle, después del té y los postres, si podían subir a la *suite* presidencial a echarse un buen polvo, ya sin tener que amordazarla ni amarrarla a la cama, porque Dorita milagrosamente se le había entregado, y él atribuía ese inexplicable cambio de actitud no a las supersticiones que gobernaban la vida amorosa de esa mujer, sino a su poderío erótico, a lo bien que él se la había tirado, a que Dorita, por muy santita que se hiciera, había gozado de lo lindo cuando perdió su virginidad y ahora quería más pinga, solo que, modosita ella, tomaba el té y las biscotelas y no se atrevía a decírselo, pero una manera de insinuárselo, claro está, era tomarlo de la mano y mirarlo con amor y decirle a todo que sí, mi amor, lo que el cojo interpretaba como el triunfo definitivo e irrefutable de sus habilidades como amante despiadado y rapaz. Por eso, y viendo cómo Dorita se deshacía en mimos y atenciones por él, no tuvo escrúpulos en subirla de nuevo a la *suite*, pero ya no presidencial, sino a la *suite* ejecutiva, y en besarla y desvestirla con cuidado y echarse sobre ella, desnudos los dos, y metérsela esta vez con cuidado, despacito, viendo cómo Dorita era suya y se rendía por él, y luego machacándola, horadándola y siendo del todo indiferente a sus ruegos de *ya no más, sácala por favor, que me duele*, pero él seguía y seguía y Dorita cerraba los ojos y rezaba y se encomendaba al Señor y pensaba *me sacrifico por Ti, si esto es lo que Tú me has enviado, si así quieres probar mi fe*, y entonces el cojo se vaciaba entero dentro de Dorita, y por supuesto ni él ni ella usaban protección, así que no fue ninguna sorpresa que, unas semanas después de la violación y los encuentros subsiguientes en el Country, en los que Dorita se hizo mujer de ese modo tan brutal e inesperado, ella le dijera, ruborizada, avergonzada, pero contenta porque lo atribuía a la gracia divina, que no le había venido la regla y seguramente estaba embarazada. El cojo dejó el whisky, botó el humo que había aspirado del cigarro y le preguntó sin rodeos:

—¿Estás preñada?

Dorita se sorprendió de que él usara esa palabra, *preñada*, que ella había escuchado decir en el campo para aludir a las vacas y a las cabras, y sin perder la sonrisa ni la compostura, porque le parecía un momento de enorme bendición espiritual, le dijo:

—Estoy encinta, mi amor. Dios nos ha mandado un angelito.

El cojo no pareció alegrarse en modo alguno y se limitó a decir en voz baja, como hablando consigo mismo:

—La cagada. Se viene un cachorro. Y esta beata no aborta ni a patadas.

Luego miró a Dorita con todo el cariño que pudo fingir y le dijo:

—Entonces nos casamos cuanto antes.

Dorita se sintió tan conmovida que se arrodilló y besó las manos velludas del hombre que la había violado y embarazado, del hombre que Dios había puesto en su camino para probar el temple y la resistencia de su fe y para someterla a una misión ardua pero noble, la de convertir a ese cojo malo en un hombre bueno, y si de algo no carecía Dorita era de fe en sí misma y en los poderes virtuosos del Señor para redimir a los condenados y convertir en justos a los pecadores.

—Se llamará Bobby, como tú —dijo Dorita, todavía de rodillas, sollozando de emoción.

—Me parece bien, con tal que no me salga cojo el huevas tristes —dijo su futuro marido.

Después del suicidio de su novio, la holandesa se puso a escribir una novela brutal, sexualmente explícita, en la que contó, sin ahorrarse detalles embarazosos, su viaje por el Perú, el encuentro con el loco (al que en la novela llamaba "El Dios de los Andes"), los amores desmesurados que nacieron bajo el techo de calamina rota de la casita frente al río, las humillaciones a las que se sometió por amor su novio holandés, el embarazo accidental, la determinación de parir al crío en Ámsterdam sin saber quién era su padre y el descubrimiento, nada más verlo, de que ese piojo hediondo tenía que ser hijo del Dios de los Andes. Al terminar la novela y verla publicada, viajó a Lima y pasó doce meses recorriendo el Perú, pero nunca encontró al loco. Encontró la casita frente al río donde vivió el loco, donde su hijo fue concebido una noche de luna llena mientras su novio dormía, pero no había nadie en ella y había quedado reducida a escombros como consecuencia de un terremoto que acabó de agrietar sus techos y paredes y la destruyó por completo. El loco no murió aplastado por los techos y paredes que derribó el terremoto, murió asesinado por unos terroristas que llegaron un día y le exigieron una contribución económica para la revolución en la que ellos creían, y el loco desenterró la bolsa de plástico con el botín que había robado del banco en Lima, pero ya no le quedaba nada, se lo había gastado todo, y trató de explicarles a los terroristas en su castellano pirotécnico y vertiginoso que él estaba con ellos, que los apoyaba, que se solidarizaba con la revolución, pero que no podía darles plata porque no le quedaba un centavo. Los terroristas, por el solo hecho de que el loco tenía los ojos claros, sospecharon de él, decidieron que era un agente del imperialismo y lo amarraron y procedieron a cortarle la lengua, las manos y finalmente a degollarlo y luego dejaron al pie del cadáver una nota que decía: "Así mueren los perros burgueses". El loco se había pasado toda la vida tratando de no ser un burgués, pero los terroristas lo mataron acusándolo de ser tal cosa. Cuando la diezmada policía local encontró el cadáver del loco, su cabeza por un lado, sus manos por otro, su cuerpo mutilado al pie del árbol donde tantas siestas se había echado, decidió arrojar los restos al río y fue así como terminó la azarosa vida del loco pingaloca genial de Pancho Martínez Meza, que quemó todos sus documentos, abandonó a su familia, le regaló su auto a su mejor amigo, asaltó un banco y se fue a vivir a una casita frente al río sin molestar a nadie y sin que nadie lo molestase a él, hasta el día desgraciado en que llegaron los terroristas.

La boda se celebró atropelladamente en la Virgen del Pilar tres semanas después, y nadie sabía por qué Dorita y el cojo llevaban tanta prisa por casarse, pues Dorita no le había contado ni a su madre ni a su mejor amiga, Silvia García, ni a nadie, que estaba embarazada, y el cojo por supuesto tampoco había revelado el secreto. Todo se hizo rápido y cumpliendo las ceremonias esperadas: el cojo pidió la mano de Dorita, don Leopoldo y doña Esther se la concedieron a regañadientes al ver que Dorita parecía tan inexplicablemente prendada de ese bueno para nada, se reservó la iglesia, se hicieron los pagos correspondientes, don Bobby y doña Vivian hicieron saber a sus futuros consuegros que ellos pagarían todos los gastos de la fiesta y la luna de miel a Europa —una propuesta que don Leopoldo no objetó ni discutió, porque sus negocios agrícolas habían declinado y porque sentía que ese cojo de mierda se había sacado la lotería al casarse con la santa de su hija, así que lo menos que podían hacer los padres del cojo era mojarse con la fiesta y la luna de miel—, la novia viajó con su madre a Buenos Aires a comprarse el vestido de casamiento, el alcalde de San Isidro los casó en austera ceremonia en casa de don Bobby y, una semana después, presa de un ataque de náuseas que le sobrevino en el auto con su padre rumbo a la iglesia, Dorita entró a la Virgen del Pilar mareada y con ganas de vomitar y vio allá al fondo al toro encorbatado que la había violado y que la había convertido en su mujer para toda la vida. Dorita procuró sonreír, mientras caminaba lentamente, tomada del brazo por su padre, aguantándose las náuseas, sintiendo cómo la faja le ajustaba la barriga, y luego se reunió con el novio, que parecía el hombre más feliz del mundo, y el más cojo también, porque a los zapatos ortopédicos que le habían hecho para la ocasión les habían puesto un taco innecesariamente alto en el lado de la pierna corta, lo que lo obligaba a cojear de modo más pronunciado que el habitual, pero eso no impedía que se sintiera, por una vez en su vida, un hombre feliz, dichoso, afortunado, porque había conseguido lo que quería, que esa hembra caída del cielo, que bajó del ómnibus del Villa a socorrerlo cuando se dio el contrasuelazo en moto, y que tenía un aire a Liz Taylor y pecas en el culo, que esa hembra preciosa, inocente, buena y pura, todo lo decente que no era él ni podría ser nunca, fuese de él y solo de él por el resto de su vida, y que su culo, ese culo pecoso y virginal, que él había roto sin clemencia, le perteneciera también por lo que le quedase de vida. *No sabes los kilómetros de pinga que te esperan*, pensó el cojo, cuando tomó de la mano a la novia y la besó en la mejilla con su cara de bruto afortunado que de pronto se había sacado la lotería. Porque nadie en esa iglesia, ni los padres de Dorita ni los del cojo ni los amigos y familiares de los novios, entendía por qué Dorita, siendo tan linda y teniendo tantos pretendientes, había elegido arruinarse la vida casándose con ese cojo bruto, vago, borracho y pistolero, que sería un mantenido toda su vida y por eso don Bobby ya les había comprado una casa en el campo, en las afueras de Lima, para que pudieran ser muy felices y tener muchos hijos y, sobre todo, para que él no tuviera que ver al impresentable de su hijo muy a menudo, cuanto más lejos lo tuviera al animal ese, mejor. Nadie entendía, ni siquiera el cura Griffin, por qué Dorita se inmolaba de esa manera por el cojo, tal vez por pena, tal vez porque le daba lástima que fuera minusválido, lisiado y hubiese perdido en trágicas circunstancias a su mejor amigo, pero muchos en la iglesia, incluyendo al cura Griffin, entendieron mejor las razones del casamiento, y en particular la premura con la que este se había llevado a cabo, cuando, al momento de intercambiar los aros matrimoniales, Dorita no pudo más con las náuseas y le vomitó encima al cojo, lo que provocó un murmullo de asombro, reprobación y hasta hilaridad entre la concurrencia, porque ese cojo había nacido con la suerte tan torcida que hasta el día de su matrimonio tenían que echarle un tremendo buitre encima. Vomitado y todo, el cojo sonrió como si nada, y ya todos entendieron mejor por qué Dorita se había condenado la vida al casarse con esa bestia apestosa, su flamante marido, el hombre al que ella juraba que amaría toda la vida, en la salud y la enfermedad, en la prosperidad y la adversidad, y de nuevo un torrente de líquido intestinal interrumpió el juramento y bañó el traje del cojo. *Si la novia no está encinta, yo soy Calígula y que me cache un burro ciego*, pensó el padre Griffin, alcanzándole un pañuelo al cojo vomitado, reprimiendo un discreto gesto de asco.

El viaje al Perú de la holandesa no fue inútil, porque, si bien no encontró a su amante, el loco, disfrutó enormemente de la aventura de recorrer los desiertos, valles, montañas y ríos peruanos, y siendo una aventurera consumada, y no hablando una palabra de español, sintió sin embargo que no era una forastera en ese lugar y que fácilmente podía quedarse a vivir allí, en la tierra del loco, ese hombre al que todos daban por muerto y que ella creía que seguía estando vivo, escondido, con otra identidad, *algún día te encontraré, dios inca*, pensaba la holandesa, pero ya era tarde, ya el loco o los restos del loco habían sido corrompidos por las aguas turbias del río y devorados por los peces, ya el loco era solo un recuerdo en la mente rencorosa de la gringa Lucy, que seguía viviendo en Lima, casada con un millonario, y en la mente alucinada de la holandesa, para quien sería siempre el dios y semental inca, y en la de sus tres hijos Panchito, Elizabeth y Soledad, que, aunque no lo vieron nunca más desde aquella visita fallida a la casita frente al río, aunque la última imagen que se llevaron de su padre fue la de un hombre atormentado y enloquecido que huyó de ellos arrojándose al río, sin embargo lo querían, lo perdonaban, no le guardaban rencor y pensaban que habían tenido un padre genial, enfermo, lunático y admirable, y las pocas fotos que tenían con él, cuando eran niños y Pancho aún no los había abandonado, las habían colgado en sus casas, en homenaje al hombre que fue su padre y que no quiso o no pudo ejercer la paternidad pero que, sin proponérselo, les enseñó a no tener miedo a la libertad y vivir la vida desafiando las convenciones.

La luna de miel en Europa tuvo que posponerse indefinidamente porque Dorita se hallaba indispuesta y ya todos sabían que llevaba un hijo en el vientre y sus padres se oponían a que viajase estando encinta y con mareos y vómitos. Don Bobby no insistió en que viajaran porque ya bastante había gastado en la fiesta y la recepción y las decenas de cajas de whisky y *champagne* que se secaron celebrando la boda de su hijo, así que la luna de miel quedó para más adelante y Dorita era tan buena y resignada que lo entendió como otra prueba de fe que le enviaba el Señor y le pareció mejor estar al lado de su esposo y llevar con cuidado y precaución el embarazo. Apenas se casaron, don Bobby hizo que el chofer los llevara a su nueva casa en el campo, a una hora de Lima, una casa que él había comprado a precio barato y amoblado en forma rústica, apurado por las circunstancias y resuelto a que el cojo se fuese lo más lejos posible. Dorita encontró la casa un poco alejada e incómoda, y le apenó que no pudiese ver a sus padres todos los días a la hora del almuerzo ni asistir a la misa de la Medalla Milagrosa a las cinco y media, pero el cojo le prometió que la llevaría todos los domingos a visitar a sus padres en la calle La Paz (promesa que duró apenas tres domingos) y le encontró una parroquia de unas monjas carmelitas a quince minutos en auto de la casa de campo. Como el cojo se pasaba todo el día rascándose los cojones, levantado pesas, disparando sus pistolas y escopetas a las palomas, los perros chuscos y los gatos techeros, y asediando sexualmente a la pobre Dorita, a la que no daba tregua a pesar del embarazo, y a la que sometía a las poses más escabrosas, que a ella le multiplicaban las náuseas y por eso a menudo terminaba vomitando mientras él la penetraba de todas las formas posibles, Dorita tuvo la idea arriesgada de llamar a su suegro, sin decirle nada al cojo, y sugerirle que le consiguiera un trabajo a su marido, porque ella pensaba que no le convenía pasarse todo el día sin hacer nada, aunque, la verdad, lo que Dorita quería era que el cojo se fuera ocho o diez horas para poder respirar tranquila, rezar sus oraciones, cantarle al bebé y sentirse a salvo de las embestidas de ese toro chúcaro y en celo que siempre se la quería montar, dos y tres veces al día, sin la menor consideración por el bebé que ella llevaba en sus entrañas, pese a que en alguna ocasión ella le hizo notar dicho peligro, susurrando tímidamente:

—Mi amor, ¿no le estarás haciendo daño al bebito?

A lo que el cojo respondió, muy a su estilo:

—Que se joda, que se acostumbre a verme la pinga, y pobre de que le guste y me salga maricón, que le corto una pierna y lo hago cojo como yo.

Don Bobby comprendió la angustia de su nuera y llamó por teléfono al gerente general de General Motors en Lima y le pidió que por favor se inventase un trabajo para el inútil de su hijo y que le asignase un sueldo cuyo monto él mismo precisó, añadiendo que ese dinero se lo haría llegar todos los meses discretamente, sabiendo como sabía que el cojo era un lastre, una rémora, un peso muerto, incapaz de cumplir con una mínima pericia o habilidad cualquier trabajo que le fuese encomendado, salvo el de matar a tiros a algún peatón o agarrarse a golpes con un sujeto cuya cara no acababa de gustarle. El gerente de la General Motors, amigo y deudor de don Bobby, aceptó a regañadientes el favor que le pedían, y no tardó en llamar al cojo y decirle:

—Bobby, te llamo porque hay una vacante en la subgerencia de ventas y quería ver si te interesaba ocuparla.

El cojo era tan bruto que respondió:

—Perdone, *mister* Rove, pero no le he entendido. ¿Qué mierda es una vacante y qué quiere que hagamos con la vacante?

El gerente comprendió que se había metido en un problema que solo podía terminar mal y tuvo la paciencia de explicarle:

—Lo que quería decirte, Bobby, es que quiero que trabajes acá en la General Motors con un sueldo de mil soles al mes.

El cojo se quedó pensando si le convenía, porque igual esa plata se la podía sacar a su madre, y más también, al final su madre era tan generosa que le daba a escondidas todo el dinero que él le pedía, pero, tal vez para impresionar a su esposa, y para ver si en la General Motors había secretarias con buenos culos, preguntó:

—¿Y cuál sería mi horario?

—De ocho de la mañana a cinco de la tarde, con una hora de refrigerio en el restaurante ejecutivo de la compañía, Bobby —respondió el señor Rove, haciendo acopio de paciencia, recordando que el padre del cojo era uno de sus principales acreedores y no podía fallarle.

—A las ocho ni cagando —dijo el cojo—. Yo entro a las diez y salgo a las cuatro. Si trabajo más, me da cáncer.

—Aceptado —dijo el gerente—. Te espero el lunes a las diez.

—¿Dónde? —preguntó el cojo.

Este no es más bruto por falta de tiempo, pensó el señor Rove.

—Aquí en la planta principal de la General Motors, en la carretera central —dijo.

—Ya ubico, ya ubico —dijo el cojo—. Por ahí nomás queda el Cinco y Medio, ¿no? —añadió.

—Si te refieres al prostíbulo, en efecto, queda a pocas cuadras de nuestra fábrica —corroboró el señor Rove.

—Qué bien situada está la fábrica, carajo —comentó el cojo, riéndose—. Ya iremos juntos a romper unos culitos al Cinco y Medio, *mister* Rove. ¿Cómo están las secretarias en su oficina? ¿Están potables? ¿Ya comen con su mano?

El gerente se negó a responder esas vulgaridades y sentenció:

—Nos vemos el lunes a las diez. Bienvenido a la General Motors.

Luego colgó.

—La General Motors y la puta madre que te parió —comentó el cojo—. Iré el lunes a ver si hay buenos culitos, y si todas son feas, renuncio el martes.

Luego entró al cuarto y le dijo a su esposa con aire altivo, desdeñoso:

—Me ha contratado la General Motors International.

Dorita se emocionó hasta las lágrimas, atribuyó ese milagro a su llamada tan oportuna a don Bobby pero sobre todo a la ayuda inestimable de Dios Nuestro Señor, y le dijo:

—Felicitaciones, mi amor. ¿Y cuál será tu trabajo?

—Supervisor general de operaciones —mintió con jactancia el cojo.

—Ay, qué maravilla —se alegró Dorita—. ¿Y qué vas a supervisar, amor?

—No tengo ni puta idea —dijo el cojo—. Pero para comenzar voy a supervisarles el culo a todas las secretarias —añadió, y soltó una risotada y luego largó una sonora flatulencia y se fue cojeando con su pistola en la mano a ver si mataba a algún perro chusco o a una paloma o a un colibrí, que nada lo hacía más feliz que disparar sus pistolas sobre criaturas indefensas.

Como era de esperarse, el cojo no duró más de tres meses en la General Motors. El señor Rove se vio obligado a despedirlo ante las reiteradas quejas de las secretarias de todos los departamentos, que lo acusaban de manosearlas, de tocarles las tetas, de decirles obscenidades y groserías, de meterse al baño de mujeres y sacarse la verga y pedirles que se la mamasen. El señor Rove llamó a su amigo Bobby y le explicó que no tenía otra alternativa que despedir a ese depravado y enfermo sexual que había provocado pánico y estupor entre todas las secretarias de la compañía, incluyendo a algunas secretarias veteranas a las que también había dicho procacidades del tipo *ven una horita conmigo al Cinco y Medio y vas a ver cómo te remojo la papa seca, mamacita*, situación que se había tornado insostenible, porque algunas de las secretarias, las más orgullosas, amenazaban con denunciar a la policía a ese sátiro que les metía la mano en el calzón y les decía que tenía un culebrón para ellas, y por supuesto don Bobby agradeció la paciencia y amabilidad de su buen amigo de la General Motors y entendió que su hijo el cojo no había nacido para trabajar allí ni en ninguna parte, que ese inútil había nacido para joderle la vida a todo el que pudiera, y por eso era mejor devolverlo a la casa en el campo para que le jodiera la vida a su esposa y a su hijo por nacer y a las cholas del servicio doméstico que seguro que las pasaba por las armas a toditas. *Es un caso perdido*, pensó don Bobby. *Es una bala perdida el cojo de mierda. Mejor tenerlo allá arriba en el cerro disparando sus pistolas, ojalá que algún día se le dispare una en la cabeza y se mate de puro bruto, como se mató el bruto de su amigo Mario.* Así fue como el cojo volvió despedido a su casa, aunque él por supuesto le mintió a Dorita, diciendo que había renunciado porque el gerente era un gringo borracho hijo de puta que lo trataba como si fuera un parásito y que él no había nacido para calentar la silla de una oficina ni para oler los pedos de nadie ni para ser empleado de ningún huevón encorbatado. *Yo he nacido para andar culeando y tirando tiros,* dijo el cojo, y su pobre mujer asintió en silencio, porque ella ya sabía que el cojo se pasaba el día tomando tragos, fumando, disparando en los jardines de la casa, disparando a cualquier cosa que se moviera o no se moviera, disparando incluso en su cuarto cuando ella no quería desvestirse cumpliendo sus órdenes, una desobediencia que enloqueció al cojo, que descerrajó dos tiros al espejo colgado detrás de Dorita, quien por supuesto se desvistió enseguida y se tendió desnuda y embarazada a resistir orando las embestidas sexuales del toro insaciable de su marido, que todas las noches, todas sin excepción, se montaba sobre ella y la penetraba sin compasión, profiriendo las más gruesas obscenidades, insultándola, poniéndola en poses innobles, ignorando que llevaba un hijo en el vientre, dándole y dándole porque para eso había nacido el cojo, para culear y tirar tiros, para ser una bala perdida, *carajo, y este culo es mío y yo me lo como cuando quiera,* mientras la pobre Dorita aguantaba y rezaba con los ojos cerrados y decía: *Señor, si esto es lo que Tú me has enviado para probar mi fe, te doy las gracias y te amo y soy tu sierva y esclava y me merezco todos los sacrificios que Tú dispongas para mí, todo esto y mucho más.* Así se pasaron esos meses del embarazo: el cojo tirándose a Dorita y ella entregándose sin reservas al gran amor de su vida, que por supuesto no era el cojo sino Dios Nuestro Señor. De modo que de cierta manera era un trío el acto sexual al que el cojo sometía brutalmente a su mujer preñada, porque él la penetraba y humillaba de todas las formas posibles, mientras ella cerraba los ojos y amaba a su Creador. El incesante asedio sexual del cojo a su esposa embarazada provocó que el parto ocurriera antes de lo previsto, y con complicaciones para la madre y el bebé, que por suerte salvaron la vida, gracias a los cuidados del doctor San Román. El cojo estuvo presente en la sala de operaciones, observando, perplejo y algo asqueado, el nacimiento de su hijo mayor, pensando que ya no tenía ganas de enterrar su culebra en ese orificio por el que habían sacado esa cabezota manchada de un líquido espeso y blancuzco que a lo mejor era su lechada, *empozada de tantos caches al hilo, carajo.* Después de limpiar al bebé y cortar el cordón umbilical, el doctor San Román entregó el bebé a su madre, que lo recibió sollozando de alegría y le dijo *mi Bobbycito, mi Bobbycito, bienvenido al mundo, tú has venido a salvarme la vida, mi amor.*

Luego Dorita le pidió a su marido que cargase a su hijo. El cojo lo miró con cierto recelo y antes de cargarlo le ordenó al doctor San Román:

—Mídale las piernas.

El doctor San Román no entendió.

—¿Las piernas?

—Sí —insistió el cojo—. Mídale las piernas a ver si miden igual o si ha salido cojo como yo.

—Pero tú no naciste cojo, mi amor —le dijo Dorita—. Fue la osteomielitis la que te achicó el hueso.

—¡Que le midan las piernas, carajo! —gritó el cojo, fuera de sus cabales.

El doctor San Román midió las piernas del bebé y dio fe de que ambas tenían el mismo tamaño.

—Menos mal —suspiró el cojo, aliviado.

Luego se dirigió al doctor San Román y le dijo:

—Escúcheme bien, doctor. Usted póngale las inyecciones, dele las pastillas o haga los tratamientos que tenga que hacerle, pero solo le digo una cosa: si se me vuelve cojo mi cachorro, yo a usted le corto un huevo, ¿estamos claros?

Aterrado, porque entendió que el cojo no estaba bromeando, el doctor San Román tuvo la prudencia de responder:

—Estamos claros, don Bobby.

—¿Se compromete a que no me salga cojo mi cachorro? —insistió el cojo.

—Me comprometo, don Bobby —dijo el doctor San Román.

Luego el cojo cargó a su bebé, le dio un beso en la frente y dijo:

—Seguro que si no me sale cojo, me sale maricón.

El cojo estaba tan eufórico de haber procreado a un cachorrito con las dos piernas de igual tamaño que se fue sin despedirse de su esposa Dorita y de su hijo Bobby *junior*. Nada más entrar en su casa, se miró en un espejo, se sacó la casaca y la camiseta e hinchó los músculos todo lo que pudo y el espejo le devolvió la figura ruda y colosal de un sujeto de mirada atrabiliaria que lucía el cuerpo de una nevera.

—Soy un toro, carajo —dijo el cojo, con la mirada alunada, sintiendo una ramalazo de éxtasis que le era completamente desconocido—. Soy un toro y ahora tengo mi cachorro, me cago en la puta madre que lo parió —dijo, inflando más los músculos, haciendo unas muecas de animal, de verdugo, de bestia asesina.

Tan poseído estaba por la emoción del momento que no tuvo mejor idea que subir al techo de la casa, cojeando por las escaleras, cargando dos de sus armas más preciadas, una en cada mano: el revólver Smith & Wesson calibre 38 con seis balas en el cilindro y la pistola Beretta calibre 22, muy liviana, con ocho balas en la cacerina. El cojo sin sus pistolas era un hombre incompleto, un lisiado dos veces minusválido, y en ese momento, que le parecía con mucha diferencia el más jubiloso de su vida, tenía que subir descamisado al techo, ensanchar el pecho de orgullo por haber hecho bien una sola cosa en su vida, haber sido padre de ese cachorro ni cojo ni piernicorto, aspirar una rotunda bocanada de aire y sentirse, por primera vez en su vida, un hombre contento de ser él mismo, un cojo feliz. Luego, para celebrar, apuntó al cielo y vació las seis balas del revólver y las ocho de la pistola semiautomática, como una manera de festejar consigo mismo el nacimiento de su hijo. Nunca fue más feliz el cojo que en ese momento disparando al cielo. Poco le duró la felicidad, porque a una de las balas que disparó jubiloso al cielo se le ocurrió bajar en línea recta y perforarle la cabeza, dejándolo muerto y despanzurrado en el techo de su casa. *Murió por bala perdida*, dijo escuetamente el parte policial.

AGRADECIMIENTOS

A Camila y Paola Bayly. A Ximena Ruiz Rosas. A Carina Pons y Gloria Gutiérrez. A Javier Bayly. A Enrique Ghersi. A Shakira, Antonio y Aíto de la Rúa. A Joaquín Sabina. A Andreu Buenafuente. A Jorge Ramos. A Carlos, Linda y Gina Montaner. A Ricardo Montoya. A Mercedes González y Anahí Barrionuevo. A Silvia Matute y Casandra Badillo. A Nadia Rowinsky.

Alfaguara es un sello editorial del Grupo Santillana

www. alfaguara.com

Argentina
Av. Leandro N. Alem, 720
C 1001 AAP Buenos Aires
Tel. (54 114) 119 50 00
Fax (54 114) 912 74 40

Bolivia
Avda. Arce, 2333
La Paz
Tel. (591 2) 44 11 22
Fax (591 2) 44 22 08

Chile
Dr. Aníbal Ariztía, 1444
Providencia
Santiago de Chile
Tel. (56 2) 384 30 00
Fax (56 2) 384 30 60

Colombia
Calle 80, 10-23
Bogotá
Tel. (57 1) 635 12 00
Fax (57 1) 236 93 82

Costa Rica
La Uruca
Del Edificio de Aviación Civil 200 m al Oeste
San José de Costa Rica
Tel. (506) 220 42 42 y 220 47 70
Fax (506) 220 13 20

Ecuador
Avda. Eloy Alfaro, 33-3470 y Avda. 6 de
Diciembre
Quito
Tel. (593 2) 244 66 56 y 244 21 54
Fax (593 2) 244 87 91

El Salvador
Siemens, 51
Zona Industrial Santa Elena
Antiguo Cuscatlan - La Libertad
Tel. (503) 2 505 89 y 2 289 89 20
Fax (503) 2 278 60 66

España
Torrelaguna, 60
28043 Madrid
Tel. (34 91) 744 90 60
Fax (34 91) 744 92 24

Estados Unidos
2105 N.W. 86th Avenue
Doral, F.L. 33122
Tel. (1 305) 591 95 22 y 591 22 32
Fax (1 305) 591 91 45

Guatemala
7ª Avda. 11-11
Zona 9
Guatemala C.A.
Tel. (502) 24 29 43 00
Fax (502) 24 29 43 43

Honduras
Colonia Tepeyac Contigua a Banco Cuscatlan
Boulevard Juan Pablo, frente al Templo
Adventista 7º Día, Casa 1626
Tegucigalpa
Tel. (504) 239 98 84

México
Avda. Universidad, 767
Colonia del Valle
03100 México D.F.
Tel. (52 5) 554 20 75 30
Fax (52 5) 556 01 10 67

Panamá
Avda. Juan Pablo II, nº15. Apartado Postal
863199, zona 7. Urbanización Industrial
La Locería - Ciudad de Panamá
Tel. (507) 260 09 45

Paraguay
Avda. Venezuela, 276,
entre Mariscal López y España
Asunción
Tel./fax (595 21) 213 294 y 214 983

Perú
Avda. Primavera 2160
Santiago de Surco
Lima 33
Tel. (51 1) 313 4000
Fax (51 1) 313 4001

Puerto Rico
Avda. Roosevelt, 1506
Guaynabo 00968
Puerto Rico
Tel. (1 787) 781 98 00
Fax (1 787) 782 61 49

República Dominicana
Juan Sánchez Ramírez, 9
Gazcue
Santo Domingo R.D.
Tel. (1809) 682 13 82 y 221 08 70
Fax (1809) 689 10 22

Uruguay
Constitución, 1889
11800 Montevideo
Tel. (598 2) 402 73 42 y 402 72 71
Fax (598 2) 401 51 86

Venezuela
Avda. Rómulo Gallegos
Edificio Zulia, 1º - Sector Monte Cristo
Boleita Norte
Caracas
Tel. (58 212) 235 30 33
Fax (58 212) 239 10 51